国际大奖小说
国际安徒生奖

神秘的公寓
AGNES CECILIA

[瑞典] 玛丽亚·格里珀 / 著
任溶溶 / 译

天津出版传媒集团
新蕾出版社

图书在版编目 (CIP) 数据

神秘的公寓/(瑞典)格里珀著;任溶溶译.
—天津:新蕾出版社,2011.5(2024.2重印)
(国际大奖小说)
ISBN 978-7-5307-5064-3

Ⅰ.①神…
Ⅱ.①格…②任…
Ⅲ.①儿童文学–长篇小说–瑞典–现代
Ⅳ.①I532.84

中国版本图书馆 CIP 数据核字(2011)第 035032 号
Copyright ⓒ Maria Gripe, 1981
First published by Bonnier Carlsen Bokförlag, Stockholm, Sweden
Published in the Simplified Chinese language by arrangement with
Bonnier Rights, Stockholm, Sweden
Simplified Chinese translation copyright ⓒ 2008
by New Buds Publishing House
本作品简体中文专有出版权经由 Chapter Three Culture 独家授权
ALL RIGHTS RESERVED
津图登字:02-2007-56

出版发行	:新蕾出版社
	http://www.newbuds.com.cn
地　　址	:天津市和平区西康路 35 号(300051)
出 版 人	:马玉秀
电　　话	:总编办(022)23332422
	发行部(022)23332351　23332679
传　　真	:(022)23332422
经　　销	:全国新华书店
印　　刷	:天津新华印务有限公司
开　　本	:880mm×1230mm　1/32
字　　数	:145 千字
印　　张	:9
版　　次	:2011 年 5 月第 1 版　2024 年 2 月第 21 次印刷
定　　价	:32.00 元

著作权所有,请勿擅用本书制作各类出版物,违者必究。
如发现印、装质量问题,影响阅读,请与本社发行部联系调换。
地址:天津市和平区西康路 35 号
电话:(022)23332677　邮编:300051

前言

国际大奖小说

一辈子的书

梅子涵

亲近文学

一个希望优秀的人,是应该亲近文学的。亲近文学的方式当然就是阅读。阅读那些经典和杰作,在故事和语言间得到和世俗不一样的气息,优雅的心情和感觉在这同时也就滋生出来;还有很多的智慧和见解,是你在受教育的课堂上和别的书里难以如此生动和有趣地看见的。慢慢地,慢慢地,这阅读就使你有了格调,有了不平庸的眼睛。其实谁不知道,十有八九你是不可能成为一个文学家的,而是当了电脑工程师、建筑设计师……可是亲近文学怎么就是为了要成为文学家,成为一个写小说的人呢?文学是抚摸所有人的灵魂的,如果真有一种叫作"灵魂"的东西的话。文学是这样的一盏灯,只要你亲近过它,那么不管你是在怎样的境遇里,每天从事

国际大奖小说

怎样的职业和怎样地操持,是设计房子还是打制家具,它都会无声无息地照亮你,使你可能为一个城市、一个家庭的房间又添置了经典,添置了可以供世代的人去欣赏和享受的美,而不是才过了几年,人们已经在说,哎哟,好难看哟!

谁会不想要这样的一盏灯呢?

阅读优秀

文学是很丰富的,各种各样。但是它又的确分成优秀和平庸。我们哪怕可以活上三百岁,有很充裕的时间,还是有理由只阅读优秀的,而拒绝平庸的。所以一代一代年长的人总是劝说年轻的人:"阅读经典!"这是他们的前人告诉他们的,他们也有了深切的体会,所以再来告诉他们的后代。

这是人类的生命关怀。

美国诗人惠特曼有一首诗:《有一个孩子向前走去》。诗里说:

有一个孩子每天向前走去,
他看见最初的东西,他就变成那东西,
那东西就变成了他的一部分……

如果是早开的紫丁香,那么它会变成这个孩子的一部分；如果是杂乱的野草，那么它也会变成这个孩子的一部分。

我们都想看见一个孩子一步步地走进经典里去，走进优秀。

优秀和经典的书，不是只有那些很久年代以前的才是，只是安徒生，只是托尔斯泰，只是鲁迅；当代也有不少。只不过是我们不知道，所以没有告诉你；你的父母不知道，所以没有告诉你；你的老师可能也不知道，所以也没有告诉你。我们都已经看见了这种"不知道"所造成的阅读的稀少了。我们很焦急，所以我们总是非常热心地对你们说，它们在哪里，是什么书名，在哪儿可以买到。我就好想为你们开一张大书单，可以供你们去寻找、得到。像英国作家斯蒂文生写的那个李利一样，每天快要天黑的时候，他就拿着提灯和梯子走过来，在每一家的门口，把街灯点亮。我们也想当一个点灯的人，让你们在光亮中可以看见，看见那一本本被奇特地写出来的书，夜晚梦见里面的故事，白天的时候也必然想起和流连。一个孩子一天天地向前走去，长大了，很有知识，很有技能，还善良和有诗意，语言斯文……

同样是长大，那会多么不一样！

国际大奖小说

自己的书

　　优秀的文学书,也有不同。有很多是写给成年人的,也有专门写给孩子和青少年的。专门为孩子和青少年写文学书,不是从古就有的,而是历史不长。可是已经写出来的足以称得上琳琅和灿烂了。它可以算作是这二三百年来我们的文学里最值得炫耀的事情之一,几乎任何一本统计世纪文学成就的大书里都不会忘记写上这一笔,而且写上一个个具体的灿烂书名。

　　它们是我们自己的书。合乎年纪,合乎趣味,快活地笑或是严肃地思考,都是立在敬重我们生命的角度,不假冒天真,也不故意深刻。

　　它们是长大的人一生忘记不了的书,长大以后,他们才知道,原来这样的书,这些书里的故事和美妙,在长大之后读的文学书里再难遇见,可是因为他们读过了,所以没有遗憾。他们会这样劝说:"读一读吧,要不会遗憾的。"

　　我们不要像安徒生写的那棵小枞树,老急着长大,老以为自己已经长大,不理睬照射它的那么温暖的太阳光和充分的新鲜空气,连飞翔过去的小鸟,和早晨与晚间飘过去的红云也一点儿都不感兴趣,老想着我长大

了,我长大了。

"请你跟我们一道享受你的生活吧!"太阳光说。

"请你在自由中享受你新鲜的青春吧!"空气说。

"请你尽情地阅读属于你的年龄的文学书吧!"梅子涵说。

现在的这些"国际大奖小说"就是这样的书。

它们真是非常好,读完了,放进你自己的书架,你永远也不会抽离的。

很多年后,你当父亲、母亲了,你会对儿子、女儿说:"读一读它们,我的孩子!"

你还会当爷爷、奶奶、外公和外婆,你会对孙辈们说:"读一读它们吧,我都珍藏了一辈子了!"

一辈子的书。

人物表

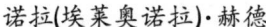

诺拉(埃莱奥诺拉)·赫德
卡琳·舍伯里——诺拉的姑婆,收养她的人
安德斯·舍伯里——卡琳的丈夫
达格——卡琳和安德斯的儿子
薇拉·阿尔姆——诺拉的外婆
比耶·阿尔姆——诺拉的外公
莱娜——诺拉的同学
英加——莱娜的外婆
胡尔达——英加的母亲
埃德温——胡尔达的第二任丈夫
阿格妮丝·比约克曼——薇拉的母亲
赫德维格·比约克曼——阿格妮丝的姐姐
塞西莉亚——阿格妮丝的非婚生女儿
马丁——塞西莉亚的非婚生儿子
卡丽塔——泰蒂的母亲
泰蒂(阿格妮丝·塞西莉亚)·恩格——马丁和卡丽塔的非婚生女儿
医生——阿格妮丝的邻居
芭蕾教师

目录

神秘的公寓

AGNES CECILIA

第 一 章	神秘的脚步声 ……………………	1
第 二 章	和养母一家在一起 ………………	5
第 三 章	妈妈爸爸不要走 …………………	10
第 四 章	搬进神秘公寓之后 ………………	19
第 五 章	第六感觉 …………………………	24
第 六 章	书中的话应验了达格的梦 ………	29
第 七 章	奇怪的电话 ………………………	39
第 八 章	玩偶店里的包裹 …………………	46
第 九 章	把玩偶带回家 ……………………	58
第 十 章	遇到英加外婆 ……………………	68
第十一章	玩偶的暗示 ………………………	75
第十二章	花瓶中的小纸条 …………………	84
第十三章	路德又出逃了 ……………………	91
第十四章	路德被人送去了警察局 …………	100
第十五章	拜访纸条上的胡尔达 ……………	118
第十六章	胡尔达讲述的秘密 ………………	130
第十七章	赫德维格和阿格妮丝 ……………	139

目录
神秘的公寓

AGNES CECILIA

第十八章　达格总是不回家 …………… 153
第十九章　和跳舞的塞西莉亚面对面 … 160
第二十章　达格遇到一位姑娘 ………… 170
第二十一章　水晶鸡心手链 …………… 179
第二十二章　再次拜访胡尔达 ………… 185
第二十三章　一封没有寄出的信 ……… 200
第二十四章　塞西莉亚是外婆的姐姐 … 210
第二十五章　和外公一起喝咖啡 ……… 224
第二十六章　达格不是来接她的 ……… 232
第二十七章　泰蒂到底是谁 …………… 237
第二十八章　和泰蒂相逢 ……………… 253
第二十九章　玩偶不见了 ……………… 264

第 一 章

神秘的脚步声

　　这事好像只发生在诺拉独自在家的时候。
　　她说不准事情是怎么开始的,但就开始在他们春天搬进这座旧大楼以后不久。开头几次碰到,她简直没往心里去。因为安德斯一来就把整套公寓的墙纸撕去,露出了原先钉死的那些壁橱,一切都显得那么乱七八糟。旧房子的地板通常都嘎吱嘎吱响,所有房子似乎都充满了神秘的响声。不过每件事情通常都可以做出解释。
　　然而她渐渐领悟到,这并不单纯是地板嘎吱嘎吱响——这是另一回事。她不想称之为闹鬼,这不过是一种无法解释或者讲不清楚的事情罢了。不知怎么的,她打一开头就知道她必须保守这个秘密,甚至对达格也不能讲。
　　她从来不知道这事会在什么时候发生,但就在事情发生之前她却有一种预感。她可以在气氛中感觉到它——一种无法形容的离奇气氛。
　　这一回也没什么两样。
　　达格在家就好了!她需要跟他谈谈,好摆脱这种不

1　神秘的公寓

舒服的感觉。只要他现在回家,那事情就不会发生,或者至少可以阻止。想到这件事她再也受不了了。她冲进厨房,从桌子上的水果钵里拿了一个绿色大苹果。忽然电话响起来。

我希望它是打给我的,她心里说。跟什么人讲讲话都会驱散那种离奇的气氛。

但只是有人拨错了号,一个姑娘想打电话给油漆店。

"喂,你的电话是什么号码?"

诺拉把电话号码再说了一遍。

"你那儿不是奥克松的电话?"

"不是,你打到舍伯里家来了。"

"噢,这么说你那儿不是油漆店?"

"不是,很抱歉……"

"你是谁?"

"我是诺拉·赫德。我住在这里。"

沉默了一下。

"噢,对不起。我想打电话给油漆店。"

"不要紧。"

诺拉把听筒轻轻放下。对话那么快就结束,太差劲了。她慢吞吞地走回自己的房间。

她有一个多么可爱的房间啊!每次她走进房间都这么想。光线明亮,太阳直照进来,从窗口可以看到七个花园和九个屋顶。

她把脑门儿顶在凉快的窗玻璃上,低头看下面的院子,依旧看不到达格的影子。他那辆自行车不在停车的地方。他大概在芭蕾学校,吃晚饭前不会回家。到吃晚饭还有近两小时。她觉得饿了,正想啃苹果,却一下子停下来,屏住了呼吸。

那些脚步声是在那边房间吗?

是的。现在脚步声近一些了。又是那些脚步声。

她背对着脚步声站着一动不动,紧张地倾听着。现在脚步声正在走进她隔壁的房间,接着慢慢地来到她的房门口。它们在那里停下了。

每次都一样。脚步声好像直接从寂静中一下子响起,慢慢地向她这边移过来。诺拉知道没什么可怕的,不管是谁走来都不会加害于她。她试图不理这些脚步声,当它们不存在,但总办不到。这些脚步声逼着她去听,使她每一次都不得不注意到它们。

它们总是从圆形房间那里开始,接着穿过圆形房间和她自己的房间之间的小房间,然后来到她的房门口。它们在那里停下,一下子就没有声音了。

但这不是说来的人,不管是谁,就此消失了。正好相反。诺拉整根脊椎从上到下都可以感觉到,有人就站在她身后。有人站在门口,就站在门槛上,一动不动,跟她一样在等待着、窥探着。

诺拉屏住呼吸,全身心地倾听着。她感觉到不管是什么人站在那里,那个人也是同样紧张地在倾听着。

国际大奖小说

他们两个都在等待着。

诺拉不知道为什么,但她感觉到其中一定有什么道理。这种事不是人人都会碰到的。

当这件事正在发生的时候,她并不感到特别害怕。如果她高兴,她可以转过身来看到那里什么人也没有。但只要她明确感到身后有人,大可不必去打扰他。她与那人之间好像有一种默契:那看不见的来访者总是先离开。

有时候诺拉怀疑那人是不是真的来找她的,说不定是弄错了。转眼间她又断定,一定是有人特地来问她要什么——在房门另一头的什么人想跟她联系。

好了!来访者终于走了!

诺拉渐渐重新镇静下来,可以照常在她的房间里走动了。她怎么知道什么时候只剩下她一个人,这同样也是说不出来的,她只是能感觉到一样什么东西就是消失了,没有了,哪怕她听不到脚步声的离开。

她宽下心来,深深吸了口气,伸伸腰。她叹口气,朝四周看看,接着走了两步。

不错,一切恢复了正常。也许有点儿冷。快要下去的太阳照亮了桌子上的白色郁金香,墙上的钟表轻轻地滴答作响,窗台上的盆栽挺起它们细巧的叶子对着阳光。

但还是失落了一点儿什么。她感到一种奇怪的渴望。每次她听到那些脚步声以后,总觉得像是什么人使她一瞬间回想到什么东西,很久以前存在过和远去了的东西。

第二章

和养母一家在一起

达格会听她讲这件事的,这她知道。达格很敏感,能够理解别人所不明白的事。要是知道诺拉碰到的事,他会很高兴的,对这种"现象"——他会这样叫它们——他特别感兴趣,关于神秘的事,他比她更加好奇。尽管如此,诺拉觉得她还是必须守口如瓶。

达格不是她的哥哥,但是在一家人中她和他最亲。他的父母,安德斯和卡琳,在她小时候领养了她。

卡琳实际上是诺拉的姑婆——她父亲的姑妈——虽然卡琳只比诺拉的父亲大几岁。卡琳生下来的时候,她的哥哥们早已长大,而且都有他们自己的孩子了。

卡琳是唯一愿意而且有条件收养诺拉的亲属。其他人不是太老就是自己的事还忙不过来,家属们决定,卡琳对诺拉最合适,安德斯也一点儿都不反对。他倒很想有个女儿,而且看来他们夫妻不会再有孩子了。

卡琳是位图书管理员,安德斯是位教师。他们热爱他们的工作,常常不在家。

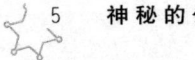

"达格越来越像安德斯了。"他们的朋友常说。或者:"他是卡琳的翻版!"

但这种话不对。达格既不像爸也不像妈。他是他自己,而且这方面越来越突出。

达格和诺拉两人都认为,这种找哪里像和哪里不像的做法是可笑的。然而诺拉每次听到这种话,都会由于妒忌而感到有点儿心痛,因为这使人想到达格是安德斯和卡琳的孩子。

诺拉却没有人可以比较。她不属于这家人——她不是它的一分子——尽管安德斯和卡琳从来不,至少不是有意识地使她感到这样。他们为她尽心尽力。他们都是好人。

诺拉知道她这样是不信任和神经过敏,但是没有办法,她总是对别人根本不会注意的细小事情不断做出过分的反应。

比方说,当达格得到卡琳和安德斯隔壁的卧室时,她丝毫不觉得奇怪。她得到的是公寓另一头一个和他们分开的房间,照他们的说法,这样她就"能够不觉得受打扰"。她不想调换房间,给她什么她也不想换,因为她爱她的房间。然而那种丑恶的小心眼儿还是露了头:他们这个小家庭想要在一起,到门廊为止自成一统。晚上她回到了自己的房间里,她觉得深夜还听见他们在厨房里走来走去。这时候他们终于可以有机会舒舒服服地在一起了,就三个人,把她排除在外。

有一次她溜出来走到那里去,断定他们的样子就像被当场抓住似的。

"噢,亲爱的,你还醒着?我们不想打扰你……"

他们说得很好,但是诺拉疑心,这话反过来说才是真的——他们不想被她打扰。如果是这样,他们却从来不露一点儿声色。

诺拉想,她知道到底是怎么回事,但是她也同样从来不露声色。

他们不能不负担她。他们试图使她感到像是这个家庭的一分子。但是他们不明白,他们努力这样做只表明她并不是。这很自然。她根本不是他们的孩子,这一点无法改变。他们只是不想公开承认它罢了。

他们认为诺拉就是他们自己的孩子,她无数次听到他们对他们的朋友这样说。尽管每一次听上去都那么可信,但是那不愉快的小心眼儿马上又掠过她的脑际:如果这是真的,他们需要一再重复这话吗?

受到很好的照顾,和好心人生活在一起,然而她还是感到被舍弃。她心中明白,不管对活着的人还是死去的人,她这样想都是不公正的,都是忘恩负义的。有些日子,这使她很不好过,她会像一个孤苦无助的人那样绕着公寓走,从一个房间走到另一个房间。

这天早晨她醒来的时候,感觉到这大概又是一个这样的日子。她想:当然,事情一定是这样的!妈妈太漂亮,爸爸太聪明,我一点儿也配不上他们,这就是他们消失的原因。那事故不是事故。如果他们爱我,他们就会把我放在汽车里带走,那么我现在也不会存在,也没有人不得不来照顾我了。对,就是这么回事。

这些日子里诺拉无法停止自己思想的翻腾,哪怕这些思想又残酷又不公正。这通常发生在头天晚上梦到什么东西的时候,然后她会一整天走来走去愁眉苦脸,会感到如此难过透顶和孤独凄凉,但她怎么也不能准确地回想起到底梦见了什么。

"诺拉!你好!"

达格来到她的房间,声音听上去既快活又兴奋。他两只手各拿着一个夹满奶油和杏仁蛋白糊的大圆面包。

"来!吃一个!"他说。

"谢谢!"

她拿面包的时候,他定睛看着她。"瞧,怎么啦?又垂头丧气了?"

"是的,你怎么知道?"

"打几里路外就能看出来。吃口面包吧,那就没事了。"

她照他说的话做,很快一切都像是好些了。这时候达格告诉她,他怎么又看到了那"不寻常的姑娘"——特姆波百货商店的收银员。每见一次,这姑娘就变得更加不寻常。

"听上去她很有趣。她到底什么地方这么与众不同?"诺拉问他。

达格把身体靠在壁炉上,眼睛空望着。"有些人就是无法形容。"

他犹豫了一下,咬掉面包尖尖,舔它的奶油。诺拉温柔地看着他。达格和他那无法形容的姑娘,你永远不知道她是不是真实存在着。

"你能把我形容一番吗?"

"你?"他看来很惊讶,"可你就是你呀!"

他们俩都笑起来。

"你那位无法形容的姑娘多大了?"

"很难说。大概是我们这个岁数,也许大一点儿,十七岁上下。"达格十六岁,诺拉再小几个月。

"你真想认识她,对吗?"

达格把两只充满疑问的大眼睛盯住她看,微笑着。"我不知道。我有你了,不是吗?"

国际大奖小说

第三章

妈妈爸爸不要走

她对妈妈的记忆还是那么栩栩如生。

诺拉坐在床上,准备打个盹儿。天花板顶上有一圈光。妈妈穿着黑衣服,站在光底下,举起一把有白花的伞。她微笑着把伞打开,旋转它,接着又重新把伞合拢。

再见。再见。她微笑着。

但是诺拉不要妈妈走。她不想说再见。妈妈向诺拉弯下腰来,笑得甜甜的。但是诺拉没有向她微笑。她一把抓住伞,使劲儿拉它。

"不要走!"她叫道。

但是妈妈得走。再见。

她对爸爸的记忆就没有那么清晰了。他站在妈妈后面,说他们得赶紧走了。如果爸爸不在那里,她也许能使妈妈留下来,但是爸爸更强大。他突然伸过手来,要把她们手里的伞拿走。诺拉尖叫着却又只好放手,因为妈妈已经放手了。爸爸比她强大得多。她能够做的只是哭。

他们向她弯下身来。他们很快就会回来的。但是他们现在得走了。他们两个都得走。他们得一起走。哭也没有用。

  他们挥着手向后退。很快回来的。很快。

  爸爸拉住妈妈的手,他们离开了。

  他们再也没有回来。

  从前……

  这是一个很短的故事。

  三,二,一。故事就完了。

  好多年以后诺拉才明白究竟发生了什么事。没有人想提起它,她得自己把一切查出来,一点儿一点儿的。那时候这件事对于她来说完全模糊不清,没有人帮她一点儿忙。

  妈妈和爸爸当时正开着汽车,一列火车又牵扯进来。但是她不明白谁在火车上,这件事她苦苦想了很久。结果火车只是那么开着。火车上没有什么特别的人。汽车过来了,于是发生了撞车事故。

  这是火车的过错,但也有人说是爸爸的过错。举行了两起葬礼。先是一起,然后是另一起。妈妈和爸爸应该是去参加第一起的。有位老人去世了,埋葬了。妈妈和爸爸没能赶到那里。他们受了伤,只好在医院里待了很久很久。不管怎么说,这是火车的过错。

  但那时候诺拉听说,他们离开得十分突然。他们去了很远很远的地方,没有人知道他们什么时候回来。

国际大奖小说

当时她住在她父亲的哥哥那里。他很好,他的太太也很好。起先诺拉住到妈妈的妈妈家,但是她的外婆光会哭,她的外公又远在美国。

当中又举行了一个葬礼,但当时没有人肯说谁死了。她问是不是又死了一位老人。不是的。于是她不再问了。

当人们眼睛里噙着眼泪看着她说"可怜的孩子",尽管她一点儿病也没有的时候,她明白了,是妈妈和爸爸。她是这样认为的,虽然她没有表示出来。她没有哭。

他们不知道这一点,但是只要他们互相悄悄地说话,或者打电话,她就会躲在附近偷听。既然他们谁也不肯把真相直截了当说出来,就只有用这个办法弄明白真相了。

她只问过一次,妈妈和爸爸什么时候会回来。她话一出口就后悔了,因为她早已知道答案是什么:谁也说不准。他们毕竟去得太远了……总要有点儿时间。接着他们就岔开话头讲别的事。

过了一段时间,他们全都开始商量在这件"事情"上最"实际"的问题。得有一个他们一致同意的"解决办法"。诺拉得轮流去见她所有的亲戚,见了一个又一个。他们全都很好,但没有人想收养她。他们当然没有这样说,但一看就知道。

最后她来到安德斯和卡琳这里。他们决定让她暂时和他们住在一起。就是说,住到妈妈和爸爸出远门回来。

神秘的公寓

随着时间的推移,没有人再提及她的父母——诺拉当然不会提起。妈妈和爸爸全然消失了,她听从它去。没有眼泪没有哭泣。他们永远走了,她不再怀疑他们到底怎样了。

人们在街上碰到安德斯和卡琳时,常常会压低声音问:"嗯,事情怎么样了?她是怎么对待它的?"她感觉到他们说话的时候眼睛朝她看。

安德斯和卡琳同样低声地回答:"这个嘛,她好像承受下来了……情况还可以。"

每一个人参与的都是一个弥天大谎——包括诺拉在内。

过了很长时间她才理解到,她应该逼着每一个人供认妈妈和爸爸已经死了,事实上她有权利知道发生了什么事!她有权利哀伤和痛哭。但等到她终于明白这一点的时候,已经太晚了,妈妈和爸爸已经成为陌生的遥远的人了。

有一天,就在她开始上学读书以后,安德斯和卡琳带她到另一个城市去。他们带了鲜花和蜡烛,一到那里,他们就直奔公墓。

这是一个阴暗的秋天,所有的墓前都点着蜡烛,烛光闪烁。这一准是个诸圣日①。

他们首先来到安德斯父母的墓前,把鲜花插在花瓶

---

① 诸圣日在11月1日。

里,点起了蜡烛。他们在那里看着烛光,站了一会儿,安德斯谈起他的父母。

这时候诺拉想,他们会像他们答应过的那样这就去吃点儿东西,结果安德斯却给了她两支蜡烛,说:"诺拉,现在我们到你父母的墓上去,给他们点上蜡烛。"

她永远不会忘记这件事。她全身一阵僵冷,她能做的只是跟着走。

妈妈和爸爸的墓?

显然,这儿什么地方准有一个墓,但她一点儿没有想到过。

她父母的名字刻在一块长方形的灰色小石头上,这墓碑跟墓地里大多数其他墓碑很相似。她插上一支蜡烛,摸出一盒火柴。最后她点着了,烛火燃烧起来。

她听见卡琳的声音:"另一支蜡烛你不一起点上吗?"

她的双手冻僵了,不听使唤。她弄得手忙脚乱,安德斯只好来帮忙。

现在两支蜡烛在墓前燃烧,诺拉又听到卡琳亲切的声音:"多好啊,一支蜡烛给妈妈,一支蜡烛给爸爸。"

但是诺拉的心冰凉,她觉得卑鄙。"是的,一匙给妈妈,一匙给爸爸。"她听见自己说,她的声音听上去很刺耳。

她注意到他们对看了一眼。安德斯像是感到很奇怪,而卡琳向她走过来,都快落泪了。诺拉转过身去。

现在开始悼念她的父母已经太晚了。一家人的沉默早就剥夺掉她所有的悼念心情，但是她的悲伤依然存在着。没有人——不管他们怎么想——能够使她摆脱这种悲伤。她感觉受到剥夺，而不是得到解脱。

诺拉不敢把这话说出来，她和所有其他人一样胆子小。她知道这次到墓地来是亲属共同决定的。现在她要开始上学读书了，他们认为最好让她明白她的父母已经不在人世。人们会问问题——人都是好奇的。这样就难办了，还是摊牌好。

他们一定认为，诸圣日上墓地去是个好主意。这样，他们的打算就很容易让她明白，他们之所以骗她，只是为了避免伤害她的感情。

去了墓地以后，有达格在身边使诺拉觉得特别亲切。有很长一段时间，她跟安德斯和卡琳在一起觉得很别扭。她总是在想，他们期望她的样子和行为应该是怎样的。

不但是安德斯和卡琳这样——诺拉认为人人都用带问号的眼光看她。他们的脸上露出一种叫人看了不愉快的期望神情。

忽然之间要她扮演一个悲伤的孤女的角色，在此以前正好相反——要她做得一无所知，一个暗地里受到怜悯的"可怜的小东西"。而现在，一下子，他们又要她哭着投到他们的怀抱里。

坟墓对她并无意义，但对其他人，诺拉上坟显然是一个转折点。现在是尽量给人看泪眼和哭腔的时候。每一个对她说的字都拖着一个叫人难受的小问号。

诺拉的心冰冻了。

有一天,一个最温柔的声音叹气说:"小朋友你知道,如果你能把一切哭出来,你会舒服一些的。"

达格正好在那里,他听到诺拉哼了一声,她站在那里对着他们悲哀的眼光,她的脸开始扭曲,然后转过身去。达格一把抓住她的胳臂,他们尖声大笑着飞也似的跑掉了。自此以后,"小朋友你知道,如果你能把一切哭出来,你会舒服一些的"这句话,便成为他们在绝望情况下所用的格言。

接下来,有些人想到,他们必须告诉诺拉一些关于她父母的事情。他们可能想给这可怜的小孤女一种材料,提供她一些对已故父母的适当回忆。他们显然相信她自己一点儿也记不得他们了。他们在开始这样做之前,也没有停止要弄明白这一点。

在多年使她对自己父母的存在一无所知之后,现在忽然要把他们从冥冥中解救出来,为了她,他们描述她父母说过和做过的每一件动人或者有趣的事。按照他们的说法,妈妈和爸爸似乎是两个乐天派,无比多情和爱闲聊。正因为妈妈和爸爸对于这个世界过分好了——两个纯洁的圣徒,——所以才惨遭横祸被上帝带走。

他们还拿来他们跟她父母合拍的傻照片:旅行时,在船上和汽车里,在晚会上,在海滩……两张眯起眼睛的陌生的脸,他们希望她对它们感兴趣,而事实上,他们把她对父母的印象挤走了。他们消灭了妈妈和爸爸,使他们变成模糊不清的形象,越来越远去而消失不见。所有这些人的如此离奇的记忆,比较起来,她的记忆就变得十分苍白可怜。她得挣扎着保持她自己记忆的身影:爸爸在一座高高的桥上把她抱起来的手;黄叶中在她脚边的他的大脚;他每次轻轻说晚安时的眼睛;妈妈有一天早晨拉起百叶窗叫"下雪了"时明亮的脸;她说笑话时眼中的欢笑……

这些形象是诺拉自己一个人的,它们不可以被抹去,换成照片上咧着嘴笑的两张脸。不管这怎样像是铁一样的真实,但依然比他们编造的故事离奇千倍。他们的故事可以是讲随便什么人——但就除了妈妈和爸爸。

经过一段时间之后,事情好转了。记忆的仓库开始出空了。他们对她那样鼓不起兴趣来似乎也感到厌倦了。她是一个"古怪的姑娘",她听见他们说,有人还忍不住说出这样的话:"哎呀你们瞧!诺拉跟她母亲一样,小指头弯弯的!"

这话听上去完全出于无心,但从那张特定的嘴里说出"小指头弯弯的"就是"不光彩"的意思。诺拉早些时候就从这同一个人嘴里懂得了这层意思。

还有一次,有人说她遗传了她爸爸"不负责任的性格"。不负责任是不好的。她还有她爸爸"顽固的下巴"。这也是不好的。

国际大奖小说

令人遗憾、顽固、不负责任——现在她知道了。

他们总说她的父母像圣徒一般,可她从父母那里遗传下来的竟全是这些东西。这怎么能加在一起凑到一块去?那就犯不着去问了。如果诺拉过去还不知道虚伪是什么,现在她肯定明白了。至少他们来的时候眼睛不再带着眼泪,同时他们也不再打算拥抱她了。

但所有这些话对安德斯和卡琳不适用,他们从来不想塞给她任何痛苦的回忆。除了带她去墓地——而这肯定也不是他们的主意——他们很好很明智。这一点诺拉知道。

然而她偶尔还是忍不住有一些不好的想法,特别是对卡琳,这完完全全是不应该的。诺拉为此感到内疚,但她似乎又无法控制自己的思想。

诺拉曾经听到过这样一句话:"在一个人的胸口上养育一条毒蛇。"

她有时候想,她正是卡琳不得不养育的这样一条毒蛇。

第四章

搬进神秘公寓之后

在他们搬到这里来以前,诺拉经常生病,麻疹和风疹,腮腺炎和水痘,再加上几百次感冒和各种想象得出的毛病。有个老是生病的孩子挂在脖子上,对于安德斯和卡琳来说绝不是一件轻松的事,不过他们照常没有流露出来。

后来搬到了这所房子,所有这些病痛忽然都消失了。打那以后,诺拉连一次也没有病过。来到这里就感到如同再生。

在这些房间里有样东西——她不知道那是什么。也许是一种神秘的生命吧。它在墙内,在亮光中,就在你呼吸的空气里,你可以在盆栽里看到它。它们一年到头,甚至在冬天的阴暗中生长、开花。

在这里连音乐听着都两样,好像墙把每一个音符都吸收进去,亲切地保存着它。诺拉有时候就这么幻想。她会把耳朵贴在墙上,心想这些音符在墙内神秘地打转成为旋律飘荡。

达格和诺拉两人都感到房子像是生物,它们有灵魂。不能光是把房子和人安排在一起就照老样子住下去,他们不是总能合得拢的,可能会有些什么就是不对头。

但是诺拉和这房子完全合得拢,她一到这里就感觉到了这一点。她好像一直都住在这里。甚至第一次进门,她就觉得像真正到家了。

到处是很深的黑洞洞的壁橱。房间之间有拱道。瓷砖砌的壁炉。发亮的小铜门。神秘的壁龛。

安德斯要让公寓恢复它原来的样子。他做的第一件事就是满屋子转,敲打所有的墙,看是不是有什么地方是空的。结果发现,原来的住户把所有的壁橱都钉上纤维板,糊上墙纸,它们有点儿突出来。

安德斯亲自动手,一个房间一个房间地修理。除了门厅和食品室,一共有八个房间。他撕掉墙纸,到处露出新的壁橱。

诺拉的房间有一个上层壁橱,深得她可以躺在里面。她也可以从她房间壁橱的门进去,打壁橱另一头的门出来,就到了隔壁房间。在那些黑暗的角落里,隐藏着好几个这种奇怪的壁橱联网。

"怪不得他们把它们用墙纸封起来了。"卡琳说。她认为他们已经有了足够的壁橱,安德斯是在给自己添麻烦,多此一举。

但是她错了——至少是当大家发现壁橱里面那些

东西的时候。不管是谁钉死了那些壁橱,他们没有费神先把它们里面的东西清理干净。里面留下了许多东西——遗忘了的旧东西,有人可能认为它们只是些垃圾,不屑一顾。

有些东西是本世纪初11年代和20年代的。有一堆旧杂志,最近一本的日期是1932年9月,这说明这些壁橱封起来的时间约在30年代初。

这些壁橱是十足的宝库。他们找到了古老的灯、蜡杆、烟灰碟、碗、墨水壶、灯罩、玩具、刺绣靠垫和书,主要是犯罪小说和旅游书。所有过时的东西显然都塞在最高的那些壁橱内,完全被遗忘了。

在诺拉那上层壁橱里找到一个装满弹子的蓝色小桶和一个绣上珍珠的钱包,它里面有一个香水瓶和一张发黄的照片。她把香水瓶的瓶塞打开还能闻到香水味。照片上是两位少妇坐在那里,中间有一个小婴孩。背面写着:**阿格妮丝和赫德维格**,1907。婴孩的名字没有写上。

他们还找到一个盒子,里面有许多布片和一条系狗的皮带,颈圈上有一个名牌。这颈圈是属于一条叫"英雄"的狗的。

那里还有一个鞋盒,里面放着一双破旧的芭蕾舞鞋。鞋盒里还有一只不寻常的闹钟,钟面装饰得很漂亮。钟已经坏了,再也修不好。诺拉把它送到钟表匠那里去过,但是他没法让它走起来,机器要换,她又不想换。她情愿就让它这样。

在她的壁橱里有一堆堆旧报纸,却只有一本书——一本俄罗斯民间故事,她把它送给卡琳收藏。诺拉还给了卡琳一个她找到的旧瓷花瓶。它上面画着一只奇妙的蓝色小鸟,拖着一条尾巴。瓶颈细得让卡琳认为,这花瓶并不是插花用的。虽然它有条小裂缝,她还是把它放在起居室的书桌上做摆设。

回过头来,卡琳也给了诺拉一个小墨水壶,有个银壶盖,还给了她一个蜡烛架。

她们这样交换这些发现的东西,真像是在圣诞节前夜。安德斯很自豪,他想壁橱是他找到的,所有这些都归功于他。

不过还是有一个家庭成员似乎对这个公寓待不惯。这就是路德——安德斯养的狗。路德走来走去,不肯安静下来,一副很不高兴的样子。甚至在搬家之前,它就明确表示反对了。它感觉到要出什么事,变得难以控制。接下来它脾气越来越坏,到了收拾打包的时候,它变得彻底难以对付了。路德尽它的可能惹麻烦。它把东西乱翻;他们用板条箱装瓷器的时候,它把报纸咬得粉碎;它咬扯空箱子和已经打好包的东西。它就是个讨厌鬼。最后他们只好把它关在厨房里。当他们把它放出来,带它出去遛遛的时候,一有机会它就逃之夭夭。

在老公寓的最后一夜,路德根本没了影,它没有回来。他们不得不丢下它搬家。它大概已经心中有数,让自

己避开搬家这件事。

　　第二天安德斯只好到警察局去把它领回来。路德看上去气呼呼的。安德斯把它带到家的情景实在凄惨。路德的耳朵和尾巴耷拉着。搬家后的最初几天，它连东西也不肯吃，就蹲在厨房里，用责备的眼光看着大家。

　　他们试图向路德介绍它的新家，让它能够适应。但几乎在每一个房门口它都停下，蹲在那里汪汪地叫，一副傻样子，有些房间它甚至连脚也不踏进去——特别是那个圆形房间。它会竖起耳朵，睁大眼睛，为了保险，一下子转身跑回厨房去。只有厨房和安德斯的工作室是它能够接受的。

　　路德一定对什么东西有反应，达格指出，狗能够听见和看到人所不能听见和看到的。一定有什么吓人的东西，至少对狗来说。达格认为路德不是像它看来的那么傻。

国际大奖小说

第五章

第六感觉

当诺拉到斯德哥尔摩看外公和外婆的时候,外公有一次说她准有点儿什么特别,因为她生在星期日。

"这种话我从来没有听说过。"外婆说着瞪了外公一眼,那意思是:别说了!

但是外公不听。他倔起来的时候挺倔的。"星期日生下来的孩子能够听到青草簌簌长大。"他说。

但是外婆哼了一声:"我还从来没听到过这么愚蠢的话!你为什么给孩子塞满这种胡说八道的话?"

诺拉看看他们这个,又看看他们那个。她不明白到底怎么回事,也没再听到什么,因为外公太生气了。

诺拉回到家把这事告诉了达格。达格感到好奇,去查诺拉是星期几生的。外公没说错,诺拉是生在星期日。

这有什么不得了呢?她从来没听到过青草簌簌长大,以后她确实把耳朵贴到地面上去过,也许真能听到吧,但是她什么也听不到。

达格查出来,说星期日出生的孩子有第六感觉。也许不是所有星期日出生的孩子都有,但其中有些能看到人想什么,看到未来,洞察超自然现象。

诺拉认为这是荒唐可笑的。她看不到人想什么,看不到未来,她对超自然现象一丁点儿也不感兴趣。

"你看来紧张了。"达格微笑着对她说。她几乎要生他的气。

"这是什么意思?生在星期日就免不了被人怀疑会看出别人的心事等等荒唐事情?"现在诺拉明白外婆那天为什么那样不高兴了,"外婆是对的。还是不知道是星期日生下来的孩子好,既然有可能会被人看成有点儿特别。"

"根本不是这么回事,"达格说,"有第六感觉一定挺不错的。"

这话诺拉听也不想听。她要达格答应,这件事不要再谈下去了。打那以后,达格再没提过这件事,诺拉也再没想到过它。不过她不时遇到一些很难解释的事。

就像现在,在三月里的这一天。

诺拉急急忙忙地下了课。她回家后要去找她最好的朋友莱娜。她们约定了有事去看一个人。她喂好路德以后,自己赶紧喝了一杯牛奶,吃了一份三明治。她正要离家,电话铃响了。她没工夫接听,就没理它,砰地关上了门。她动身下楼,但是屋里电话铃声响个不停。也许是莱娜。

她打开门锁,冲进屋去接电话。

这只是个打错了的电话。一个女孩发抖的声音。起先诺拉都快忍耐不住要发作了,但接着她好像变了个样,一下子没有办法离开电话听筒。对话变得很荒诞。

"喂?你是谁?"

"这里是舍伯里家。"

"是吗?可你是谁?"

"诺拉。诺拉·赫德。"

停了停。诺拉听到什么地方隆隆响的声音。

"诺拉?诺拉是谁?"

"诺拉是我。"

"对,当然……对不起。"

"你有什么事?"

没有回答。

"看来你电话号码弄错了……"

"噢,不,我没弄错。"

"你打什么号码?"

"是……请等一等。我来看看。"

"我实在急着有事啊。"

"就等一下。"

"我现在得走了。"

"别!别!请只等一等。"那声音听上去忽然很着急,此时诺拉觉得她不能就此把电话挂上。

"你不能说说你要谁听电话吗?"

"不,不,没这必要……请你原谅。"

听上去对方的电话听筒像是放下了。诺拉就那么站在那里，只觉得这件事情不像是真的。再一次听到什么地方隆隆响的声音，像是什么很重的东西落到了地上，但是她不去理它。然后她慢慢地、犹豫不决地开始把听筒放下去。就在电话要挂断的时候，她一下子又听到了对方的声音。

"喂？"

"喂喂。你要什么？"

"对不起……现在没事了。你可以把电话挂断了。"

"什么？什么没事了？"

"再见，对不起。"

对方把电话挂断了。

诺拉感到一切都乱七八糟的。她本来要上什么地方去？一会儿工夫之前她不是急得要命吗？为了什么？

哦，对了，是莱娜。这件事显得不再重要了，但她的确得走，不然会让莱娜在那里等着的。

她关上门，慢慢地下了楼。

直到打开楼下的门，那种不真实的感觉才离开她。外面站着好几个人，他们做着手势，盯住屋顶看。其中一个人叫她，指指人行道。

就在门前有一大堆冰、雪和一大块冰凌。也就是刚才，屋顶上正好发生了两次可怕的雪崩。只要她早那么一点儿工夫出门，那冰凌可能就会砸在她的头上，那她现在就不会活着啦。

路人看着她大为吃惊。有人提到了守护神。她知道她离死神有多近吗?

诺拉站在那里不知所措。"不……对了,这是运气。"她说了一声,急忙走了。

运气?在她差点儿把命也送掉的时候!人们看着她走掉,摇摇头。

她加快脚步,跑了起来。她想起了在电话里交谈的那番话。如果那姑娘没拨错号码……

她记得以前也发生过一次类似的事,就在他们搬家以后,安德斯为公寓的事忙得团团转的时候。

很沉的一大桶油漆放在门顶上搭的一块高高的摇摇晃晃的木板上。她正要穿过这扇房门,忽然电话铃响了。她记得她当时手里拿着电话听筒,站在那里眼看着木板啪嗒一声落下来,那桶油漆摔在地板上。

卡琳大叫起来。木板和洒了一地的那桶油漆够烦人的。没有人想到诺拉,因为没有人知道她正要进这个门。一旦进门,所有的乱七八糟东西就一定砸到她的头顶上,更别提会造成多么严重的伤害了。

当时也是有人拨错了电话号码。

那会是同一位姑娘吗?这也许是她的想象,但她想她熟悉那声音。

那件事她后来没有再想过,随即就忘掉了。

这一回的事不那么容易忘掉。似乎它不可能是一个孤立的事件、单纯的运气,而更像是个什么不知道的整体中必不可少的一环。

第六章

书中的话应验了达格的梦

达格冲进她的卧室叫醒她。话从他的嘴里涌出来。

"我做的梦是关于你的,诺拉!"

达格急切地看着她。有时候他真是太过分——又是逗乐,又是一本正经,又是心急火燎。

"你没在听我说话!"

他的口气听上去很失望。她从床上坐起来。"我当然在听你说话。可现在六点才过几分钟。也许太早了点儿……"

"我梦见早晨集合,校长忽然伸出一只手指着你叫:'埃莱奥诺拉·赫德!埃莱奥诺拉·赫德!你站起来!'

"你站起来了,校长吩咐你马上出去寻找。

"'你必须去寻找!'他叫道,整个礼堂响起了回声。但是你问该上哪里去,该寻找什么。你得到的唯一回答是:'去,我不知道该去哪里;寻找,我不知道该寻找什么!'"

"非常有启发,达格。"诺拉说。

很难把达格的梦当真。当然,诺拉不想伤达格的心,不过如果这个梦的意思是她现在得赶紧出去,然而没有人知道该去哪里,也没有人知道寻找什么,这可是件相当难办的事,特别是在一天的这个时候。

"至少你必须承认,这个梦十分费解。"诺拉说。

"是的,"达格承认,"但梦常常都是神秘的,需要破解。这个梦可能很重要,所以我一醒来就决定,我得立刻告诉你。现在我告诉你了,你可以照你的意思来破解。"

"非常感谢。我答应你会想想的。"

他走了以后,诺拉重新躺在床上。她还可以睡一个小时再起来。古怪的梦。她不想这样对达格说,但是凡梦都跟做梦的人有关,那么达格的梦应该是和他有关而不是和她有关。

尽管她答应把这个梦想想,但过后还是把它全忘了。

下午放学以后,在达格离家去上芭蕾课之前,诺拉在厨房里碰到他。他带点疑问的眼光看着她,有一种意味深长的神气,但是什么话也没说。她心里想的是别的事。

她得迫使自己给外婆写封信。写这封信不用花很多时间,但是要她写这封信对她来说是件苦差事。

可怜的外婆,她说不定天天看信箱,却没有信来。

外婆不时送来点儿小礼物,诺拉总是写信谢谢她。实际上她们之间如今就只有这么点儿往来了。她们虽然住在不同的城市,但离得不太远。这距离与其说是地域上的还不如说是心理上的。自从妈妈去世以后,她们越来越疏远了。

诺拉明白外婆和外公不好受。她的母亲是他们的独生女儿。他们还没有接受这个事实:她永远离开了。诺拉的存在一定使他们想起他们已经失去了他们亲爱的孩子。她为他们难过。

她难得收到外公的信。他不爱写信。在随外婆的礼物捎来的信末尾上总写着:"外公向你问好。"他用他清秀的字体写的就是这么一句话,但如果没有这几个字,她会担心的。

诺拉在写字台旁边坐下来写信。她拿出文具盒,但总觉得思想集中不起来。

外面一定比看上去更冷,而且有风,烟囱上的烟像白纱巾一样吹过她的窗口。太阳透过云彩照下来,在烟的纱巾上镀了一层金色,真好看。

她试图想象出外婆和外公的脸。这使她想到很久以前,有一次她和卡琳去看他们。就在发生事故的几年以后。他们正在吃晚饭,门铃忽然响了,外公站起来要去开门,外婆止住他,不让他去。等到门铃再次响起,外婆叹了口气,让他去了,但她紧张地倾听着门厅传来的声音。

人声听来热情而高兴,然而外婆脸上有一种奇怪的表情。她提高嗓门儿叫外面的外公:"比耶,我们忙着呢!"

她的声音听上去又生硬又不友好。诺拉几乎对她感到害怕。外婆一下子好像完全变了样。

国际大奖小说

"我们现在没有空!"她又叫道。

但就在这时候,有一个人像跳舞一样走进房间来。可以说她是个看上去像女孩的大人,也可以说她是个看上去像大人的女孩。诺拉没法把眼睛从她身上移开。她有一头浓密的黑发、一双黑色的大眼睛,煞是好看。

"我必须跟诺拉说声好!"

她对大家微笑,并直接跑到诺拉面前来拥抱她。她一直看到诺拉的眼睛里,抓起她的双臂来仔细放到自己的脖子上搂住,抚摸着它们,悄悄地说:"你的妈妈可爱得叫人不敢相信。我认识她。"

这时候眼泪蒙住她的眼睛,她把诺拉紧紧搂在胸前,诺拉也紧紧搂住她。就在这时候诺拉看到了外婆,她的心凝住了,外婆的目光没有好意。

诺拉感到害怕。她做错什么啦?

她不知道外婆的眼睛会像这个样子。她不认识她了。诺拉转脸求助。但是外公背对她们站着,望着窗外。卡琳搅拌她的咖啡。房间里的气氛坏极了。

她不敢继续拥抱,手臂慢慢地垂下来。那个女孩似的大人明白了,马上放开了她。

"我现在走了。"

"很好。我们想单独待着,我的意思是,我们难得看到我们的小诺拉。"外婆的声音很生硬,很冷漠。

"当然,请原谅。"接着她挥挥手,微笑着,又跑着出去了。外公跟着她去关门。他回来的时候好像很难过。

神秘的公寓　32

大家开始谈别的事情,像什么事也没有发生过一样。显然,重要的是对刚来过的女人一个字也不要提,做得就像没有她这个人似的。诺拉不明白其中的道理,被这件事吓坏了。

在回家的路上,她问卡琳那来访的人是谁。卡琳朝路上看了半天才回答:"我也不清楚。"她说:"她一定是外婆的亲戚,一位很远的远亲。"

"她认识妈妈!"诺拉抓住卡琳的胳臂。

卡琳没有注意,她正要超过路上一辆汽车,有别的事要想。诺拉只能在心里重复一次:"她认识妈妈!"

很明显,对这件事没有什么话可说的了。卡琳的眼光顾着看路,接着她说:"对于有些人你得当心。"

"为什么?"

"这个嘛,因为有些人硬要别人接纳他们。"

"你这话是什么意思?"

"这很难解释。诺拉,你要明白这种事。你现在还太小,但有一天你会明白我的意思。如果你不小心,她这个人会很容易成为一个累赘。这就是外婆不要和她往来的缘故。现在你明白了吧?"

诺拉可以说,这件事讲下去毫无意思。她转而指指路边一只野兔。那女孩般的大人再也没有被提到过。

但诺拉为什么在这个时候想到她呢?

烟囱的烟又在窗上旋转。

忽然响起一个声音。

一个很尖的金属小声音在空气中响着,听上去就像附近有一个钟表在滴答作响。她朝四周看。

不!这不可能!

窗台上那个小闹钟!——就是安德斯修理房子时在壁橱里找到的那个,他们当时怎么摇它它也不肯走,连钟表匠都说它坏了得换新机器。而它现在,竟然滴答作响了!

真难以置信,但她能够看到那镀金的华丽小秒针在动。

然而……它在后退!

秒针在后退!

诺拉看着,感到莫名其妙。

就在这时,她背后的脚步声响起来了。它们已经在隔壁房间,接着几乎来到她的房门口——脚步声轻盈而又清晰,一步又一步,慢慢地越来越近了。她脖子后面的皮肤开始觉得像有东西在上面爬。

现在脚步停下了,停在房门口。诺拉坐着一动不动。那个看不见的人如今就站在那里,看着她,等待着,而闹钟滴答,滴答,滴答。

"你要什么?"她听到她自己的声音说,"说你要什么吧!"

她的声音听上去很镇静,但是没有回答。

她把眼睛闭上,数那闹钟在寂静中滴答滴答地报出的一秒一秒,滴答滴答地倒退的一秒一秒。她数乱了,又

重新数起。她又数乱了。

最后,她又剩下了一个人。

她慢慢地睁开眼睛,朝房间四下里看看。太阳已经隐到云后面,周围一片死寂。

闹钟已经不再走了。她走过去摇它,它根本不会走,秒针既不向前也不倒退。闹钟像原先那样还是坏的。她把它仍旧放回到窗台上。

现在她得动手写那封信了。

亲爱的外婆,我很高兴收到……

怎么回事?

是有人已经回家了吗?是什么地方砰地响了一声吗?

"喂!那里有人吗?"

她跑出房间到处看,家里一个人也没有,路德也跟卡琳一起在图书馆里。

那声音一定是隔壁公寓的,虽然她断定……

这时候她看到了它。

她的确没有听错。书房地板上摊开了一本书。它一定是自己从书架上落下来的。怎么会呢?一本本书都夹得那么紧。

她把这本书捡起来,正是那本俄罗斯民间故事,他们在她的壁橱里找到,她把它给了卡琳收藏的。她一定是把它随随便便放在书架上了。诺拉把这本书重新放好,让它夹在两本书中间,接着回房去写完那封给外婆的信。

达格答应过,那天晚上要帮安德斯移植一些花木,但这时候达格得回芭蕾学校去,他们正在排练一个节目。达格答应过给安德斯帮忙,却把这件事给忘了。

安德斯很失望。碰巧卡琳那天晚上也要在图书馆值班,这件事只好推迟了。

"可我怎么样?我可以帮你。我哪儿也不去。"

安德斯看着诺拉,很奇怪。"你真的愿意吗?"

"当然,为什么我不愿意帮你?"诺拉感到很难过。他们为什么从不把她包括在内。这是又一个可悲的迹象,表明她不是这个家的一员,尽管他们试图装出来她是。他们从来没有想到过她应该分担家里的工作。他们好像没想到过,他们的事也就是她的事。不管什么时候,只要她跟他们一起做了点儿事,他们总是大惊小怪,好像不该打扰了她似的。他们没有意识到,这样做总使她觉得自己是个外人。

安德斯终于让诺拉帮他移植那些花木了,但也只让她移植小花盆里的,他要把大花盆的留给达格去干。他认为它们对诺拉来说太沉了。

安德斯带着一副犹豫的表情,嘴里叼着烟斗,站在一旁看着诺拉。在差点儿既毁了花木也毁了花盆以后,他在一旁睁大眼睛,看着诺拉总算把一棵植物从它的旧花盆里弄出来这样的小事做成了。他不想让她做这些事,但是诺拉觉得高兴。给安德斯帮忙很有趣,这让她感到自己真正有点儿用处。

等到那些植物在新花盆里重新种好,浇上水,安德斯就出去散步了,之后会到图书馆去把卡琳接回来。诺拉一个人在公寓里。

外面很黑。

当路灯随风晃动时,临街的窗子激烈地闪闪烁烁,亮光在墙上扫来扫去。

她快步走过一个个房间,想尽快回到她自己的卧室去。个个角落都好像有个影子窥视着。当她走过时,每面镜子里都有样模糊可见的东西掠过。她不时开亮一盏灯,好在黑暗中有点儿光。

在书房里她在地毯上被绊了一下。把灯打开一看,发现绊着她的是一本书。

还是那本俄罗斯民间故事!

这怎么可能呢?她那么小心地把它放回书架上了。她把它捡起来,手微微发着抖。

书照旧翻开。上一次她没有看,这一次她看到了这几行字:

仔细听着我必须告诉你的话!
你曾经是一个忠实的仆人,

国际大奖小说

现在我要你去完成这个任务。
去,我不知道去哪里;
寻找,
我不知道寻找什么!

诺拉盯住这些字,好像着了魔一样,读了一遍又一遍。不知怎么的,她觉得这些话很熟悉。她在什么地方听到过它们呢?

她慢慢地把书合上,放回书架上原来的地方。这时候她想起来了。

那是梦!

今天早晨达格对她说的梦,她当时不想听的梦。这正是校长在梦里说的话:

"去,我不知道去哪里;寻找,我不知道寻找什么!"

第七章

奇怪的电话

诺拉想到的第一件事就是跑去找达格,把事情全告诉他,但他这时候不在家。过了一会儿,她的思想又转到别处去了。

现在她已经把这件事彻底考虑过了。达格有灵活的想象力,她本人又容易被吸引住。这件事无疑不像它看来的那么奇怪。

书上这玩意儿和那梦也许只不过是巧合。达格一准翻过这本书,读到过那几行字,不知不觉把它们印到了脑子里,它们就在梦里重新出现了。

书自己落到地上也不像她原先想的那么奇怪——街上交通繁忙常常弄得整座房子震动。那书有一个光滑的封面,它不过是从书架上震落下来罢了。

至于闹钟,那也是可以解释的。阳光泻进房间,正好闹钟所在的窗台常常被晒得滚烫。突然变热一定使得闹钟一时走了起来。等到阳光移开了,闹钟也就不走了。如此而已。

国际大奖小说

"但是脚步声呢?这又怎么解释呢?"

解释这件事要难一些。当然,旧房子的地板有时候吱嘎吱嘎响,听上去就像脚步声。但她隔壁的房间不是光秃的木头地板,而是从墙边到墙边都铺着长毛绒地毯,然而听上去脚步声是木头地板上发出的。

但仍旧没有什么可担心的。她觉得那些脚步声对她没有恶意,而这是主要的。

如果你不想对这种事情想入非非,大多数事情都可以找出它们物质上的原因。因此她什么也没有对达格说。

但几个星期以后,有一天晚上她带路德出去,遛完狗回家,达格在门厅向她走来,脸上有一种奇怪的神情。"你出去的时候有你的电话。"

"是吗?谁打来的?"

"我不知道。是个奇怪的电话。一位老太太打来的,找埃莱奥诺拉·赫德。她一听说你不在家,就变得紧张不安,思路不对了。她一定非常老了。她有老太太那种虚弱的声音。"

"她没说她是谁吗?"

"没有。我问了她,可她说这没关系。"

"你知道,你该请她再来电话。"

"这话我也说了,但是你不在家,她只想尽快挂断电话。她好像有点儿不好意思。"

"你没问她有什么事吗?"

神秘的公寓

"问了。她请我向你——或者照她的说法,向埃莱奥诺拉——问好,并且告诉你上斯德哥尔摩老城一家小店去一下。地址我记下来了。到了那里你找一个人,她的名字叫阿格妮丝·塞西莉亚。"

"阿格妮丝·塞西莉亚?"诺拉用疑问的眼光看着他,"她提到姓吗?"

"没有。但是她一定要你这星期去斯德哥尔摩,要你去老城。"

这是什么话?诺拉不耐烦地摇摇头。去斯德哥尔摩?学校倒讨论过全班去斯德哥尔摩旅行的事,不过只答应在一年以后。现在大家都在存钱准备好好儿去旅行一次。

"我也告诉了她,说短期内你不大可能去斯德哥尔摩,可她不肯听。事情听上去非常重要。"

"什么事情听上去重要?"

"上老城那家店去找阿格妮丝·塞西莉亚呀。"

"但这是不可能的,对吗?根本办不到。我真希望她再来电话。"

达格认为她不会。他有个清楚的印象,那位老太太不会打很多电话。她问过好了,这就完了。当她打完电话挂上的时候,他觉得从她的声音听来,肯定有一件什么事情。

"这是一番奇怪的对话。我简直弄不明白。它一定有什么意思。"

诺拉匆匆看了他一眼。一时间她的心头掠过这样一个想法:这番对话可能是回答那本书里和达格梦中的奇怪问题:去,我不知道去哪里;寻找,我不知道寻找什么!

她该去老城寻找一个叫阿格妮丝·塞西莉亚的人吗?

她得问问达格怎么想。"达格?"

"什么事?"

"不,算了,没事。"她弯腰拍拍伸开了腿躺在地毯上的路德。

"诺拉!"达格坐在地板上路德的身边,若有所思地看着诺拉。

"嗯,什么事?"

"你刚才正在想什么?"

她耸耸肩,移开视线。"没什么大不了的。"

但他一直盯住她看。"我有话要对你说。坐下来。"

她坐在路德的另一边。起先他们谁都不说话,只是跟狗闹着玩。然后达格忽然问道:"一个人有时候会变得非常难对付,你知道吗?"

她没有回答。于是他说下去:

"但大多数人都会这样,包括我自己在内。"

"你要对我说的就这些?"

"不,我只是正好想起这话。我想我们两个这会儿说话都在绕圈子。"

"我们是这样吗?你什么意思?"

达格靠在路德身上,说话时不看诺拉。"我认为对梦

不该满不在乎。"

"这也许是真的,不过我做的梦难得记住。"

"你不要试图避开!你很清楚我的意思。"

"不,我不清楚。"

"不,你清楚!但很明白,你想闭上你的眼睛。那就请便吧!我不打扰你。"

达格说着要站起来,但是诺拉说:"不,坐下!告诉我你是什么意思!"

他重新坐下,迎着她凝视他的眼光。"我的意思是,那个电话很可以作为我那个梦的继续。你一定也这么想,对吗?"

"当然对,不过……"

"我猜想我知道你的想法。那好,那么你也一定已经明白,这就是说你现在必须去斯德哥尔摩,想个办法去。你得去老城那家店,找那女孩阿格妮丝·塞西莉亚。"

"女孩?为什么你认为她是一个女孩?她这样说了吗?"

"没有,但我断定不是个男孩。"

诺拉不耐烦地叹了口气。"我不是这个意思。也许她是一位大一点儿的女人。"

这话达格没法回答。他耸了耸肩。看上去他忽然注意力分散了,开始谈到别的事情上去。"生活包容的东西远比人们所知道的多得多。"他说,"相信人能够用他们一点儿大的小脑袋掌握一切,那完全是痴心妄想,太自高自大了,一想到这一点就使我生气。这对大地万物真是一个污辱。当我们真正获得秘密征兆的时候,我们至少可以稍微重视并加以利用,而不是置之不理,以为我们懂得更多。"

他站起来,一面说话一面激动地踱来踱去。

"你在听我说话吗?"他一下子停下来,狠狠地看着她。

"是的,我在听。"

达格看到她专心地听他说话,于是接着说下去:"生活用许多方式表达它自己,对此我们应该更加敏感。我们不断获得秘密征兆和启示,但我们必须认出它们。那可不总是那么容易。生活有时尽力向我们做出启示,我们真是应该无比感激才是!"他盯住诺拉看,"你明白我的意思吗?"

"是的,先生!"她坐得笔直像根木桩。达格放声大笑。

"那么好,诺拉,这就够了。你现在至少懂得,你应该认真对待我的梦。"

"达格?"

"啊,什么事?"

"跟我来,我有样东西要给你看。"

她带头跑进书房,她要给他看那本俄罗斯民间故事,指给他看书落到地上翻开来的那段文字。她把这件事告诉了他。

"你知道,有时候很重的大卡车从这儿开过……"

达格用怀疑的眼光看着她:"书不会因为这个缘故

从书架上落下来的。它在哪里?"

诺拉向书架走去。她很清楚她把书放在了哪里。但是这会儿它不再在那里了,也不在地上。那本俄罗斯民间故事不见了。

国际大奖小说

第八章

玩偶店里的包裹

　　第二天安德斯从学校回来,说他星期日要带班里的学生去斯德哥尔摩,去参观工业技术博物馆。这是临时才决定的。安德斯想让达格和诺拉一起去,他们可以用同一张团体票去旅行。

　　诺拉感觉到达格的眼睛在看她。他们晚饭后正在厨房里洗盘子。

　　"多有趣!这样诺拉也就能去看看她的外公和外婆了。"卡琳说。

　　诺拉拼命在擦干一把汤勺,没说话。她注意到达格在给她做手势。

　　"你没看到吗?"达格问。

　　是的,她看到了,但是她保持沉默。达格说他很高兴一起去。

　　接着安德斯用疑问的眼光看着诺拉:"那你呢?"

　　她故意让一把叉子落到地上,好拖延点儿时间。

　　"当然,如果你不想到博物馆,就不必和我们一起去那里。你可以爱干什么就干什么,只要我们乘同一辆火车回来。这样行了吧?"

"当然。我来打电话给外公和外婆,问问他们行不行。"

达格看着她。等到他们两个单独留下的时候,他问她这是什么意思。"这到底是你的机会,可以到老城那家店去了。这又是一个启示,你没看到吗?"

"是的,正是这样!我不愿意感觉到我的举动是别人给我决定的。从昨天起我已经在考虑这件事,我不喜欢这样!我要自己做主!"

"但这不是一件被不可知力量横加决定的事。"达格说,"你把什么都误解了。这关系到敏感性——能接受生活中隐藏的秘密。"

"不,这是我的事!我才不管启示和隐藏的秘密呢,我是一个自由人。"她几乎在生气。

听上去诺拉像是已经拿定主意了。

"看得出来,对于这件事我们的看法完全不同。"达格的口气听上去很失望并且受了伤害。但是诺拉却哈哈大笑起来。

"别那么认真。不管怎样我会去的。你知道,我要去看外婆和外公。"

但是诺拉给斯德哥尔摩打电话却没人接,第二天就收到外婆和外公的明信片,说他们去旅行了,下星期一以前不会回来。于是诺拉不能去看他们了。

"我猜想这一来你不会去了。"达格阴着脸说。诺拉没有回答。她还没拿定主意。这天是星期五,他们走的前一天。

那天晚上达格问卡琳,她有没有看到过那本俄罗斯民间故事。一问才知,卡琳拿过那本书。她在不该放着这本书的地方看到了它。它本应在她的房间里,在放其他民间故事的书架上,而不应该在书房里。她不明白它怎么到那里去了。

达格去把这本书拿来,递给诺拉:"你要指给我看什么?"

但是诺拉觉得反感,她没有兴趣给达格看那几行字,这样反而会让他振振有词。可以等一下再说。她哈哈笑着拿起那本书,随便翻开,用装腔作势的夸张声音读她看到的最初几行:

请把我这些最后的话存在你的记忆里。
我将死去,而和我的祝福一起。
我现在给你这玩偶,把它藏好,
不要把它给任何人看。
但如果有什么不幸降临到你头上,
拿出玩偶,请它指点。

达格惊讶地看着她。"你打算说什么?"
诺拉耸耸肩,哈哈地笑。"什么也不打算说,只是碰

巧翻开这一页。"

"那不是你要指给我看的?"

"不是,说实话,不是的。不过现在找另外那段话,我太累了。"

她把书放到一边。达格很失望,转身要离开,"你实在难对付,"他嘟哝说,"我就是弄不懂你。"

诺拉哈哈笑。她虽然没有说出来,但他们找到了这本书,它没有神秘地消失,她感到放心了。

"你可以爱怎么想就怎么想,"她在达格后面叫道,"不管怎么样,我明天上斯德哥尔摩去。我现在决定了。"

他们早晨七点钟离开,但火车误点了。安德斯那班的学生挤在候车室的长凳上,他们看上去睡意蒙眬,面色灰黄。唯一生龙活虎的人是安德斯,他喜欢这种班级旅行,看上去满怀期望。

诺拉在早晨这个时候心情也不特别好。达格走来走去带着不想跟人搭讪的微笑,这说明他还在半睡半醒之间。

等了一个小时,他们终于上车了,大家的情绪才大为好转。这就太平无事了,诺拉想。她盖着自己的大衣,靠在窗口的角落里缩成一团。在火车的摇来晃去中,她可以睡个够了。

可诺拉没那么运气。火车一开,她周围的人复苏了,气氛很快活跃起来,到头来根本不能睡觉。她从大衣里往外瞧,看达格在干什么。也许他们两个可以溜到另一节车厢去逃开这些更年轻的小家伙。

她用眼睛找达格,却看见他在跟一个男孩玩画"连城"游戏,完全迷在了游戏里。她站起来,一个人向另一节车厢走去。她找到了一节几乎是空的车厢,于是在一个角落坐下来打盹儿。

过了好大一会儿,她听见一辆咖啡车咯咯咯地推过,又是说话声又是东西碰撞声,对于睡觉的她来说,这些声音听起来格外响。她抬起头看见一个一头黑发的女人在斟咖啡。那女人穿着白上衣。

由于东西的碰撞声和那件白上衣,诺拉开始梦见医院。这梦支离破碎,是有关她父母丧生的那次车祸。

在梦中,推咖啡车的女人变成了一位医生或者一位护士,她弯腰俯向妈妈,把手放在妈妈的脑门儿上。"我是卡丽塔,"她说,"你不记得我了吗?"

但妈妈已经死了,没有回答。

其余的梦,诺拉就记不起来了。

她被坐在后面的一个叫"卡丽塔"的声音吵醒,她听见咖啡车从远处咯咯咯地重新穿过车厢一路过来。

叫的声音很温柔,有点儿害羞,是一个姑娘的清脆声音。推咖啡车的女人微笑着招招手。

这时候她拿着一杯热气腾腾的巧克力顺着车厢走道过来,脸上带着微笑。那微笑实在是太美了,诺拉的眼睛离不开她。她经过的时候,向诺拉瞥了一眼,一时间她

们的目光相遇了。

声音清脆的姑娘就坐在诺拉后面。诺拉听得见她们一起低声说笑。这姑娘显然是她的女儿——诺拉听见了"妈"这个字。

过了一会儿,那女人回她的咖啡车去。诺拉抬起头,她们的目光又一次短促地相遇。

诺拉站起来。她也要了一杯热巧克力,她也要一个微笑。有时候她不知道自己怎么了,会忽然之间忍不住有一种无法形容的渴望。想要什么,她不清楚,但它就在那微笑当中。

她跌跌撞撞地向咖啡车走去。

就在这时候,达格到她这节车厢来了。"你在这里?怎么不跟我说一声?我在到处找你!"

结果没有热巧克力,也没有那微笑。

诺拉只好和他一起回到其他人那里去了。她曾想看一眼那声音清脆的姑娘,那女人的女儿。但达格是从相反的方向大踏步过来的。

很快他们到达了斯德哥尔摩。

工业技术博物馆证明,它对诺拉来说和对其他人一样好玩。接下来安德斯和他的学生去吃午餐。他们还没决定接下来做什么。达格要去动物园,于是他们离开了大家,约定在一起回家的那班火车上碰头。

诺拉和达格到一个小吃摊,每人要了一根香肠,然后到一家小饭店喝咖啡。他们走了一会儿以后,坐上了

51　神秘的公寓

去老城的渡船。

"你真狡猾!"诺拉看了达格一眼,"你知道我说过我不要去那家店。"但她的口气听上去并没有生气的意思。他们两个都欢天喜地的。

"我们至少可以查实一下那老太太给我的地址,"达格说,"看看那是一家什么店。如果你不想进去,我们完全可以不进去。可万一阿格妮丝·塞西莉亚就站在里面呢?也许我们能从橱窗看她一眼。这样做没什么坏处,对不对?"

诺拉大笑。"如果她是甜小妞呢?那你怎么办?你打算仍旧留在橱窗外面吗?"

"不,那时候我也许进去,"达格想了想说,"不过也可能是位老妖婆,那么我绝对不进去。"

在他的双眉间出现了一道担心的皱纹,他陷入沉思中去了。这是达格的特点。他的痴想一旦达到顶点,就会转到另一个方向去。然后他又充满怀疑,回过头来,但想得更深。在整个旅途中他都这样不停地思考着。

"别指望得过早。你只会失望的。"诺拉说。

"不,绝不会。那件事毫无危险,"达格安慰她说,"现实比我最疯狂的幻想要有趣得多。"

等他们去到那里,店门关着。达格把他的鼻尖顶在橱窗玻璃上。"该死!"

这是一家很醒目的小店。在昏暗的橱窗里,许多圆眼睛从四面八方阴森森地向他们闪烁,都是天真地睁大了的眼睛,并带点儿怀疑、忧伤的凝视目光。在街上的亮光里,他们起先看到的只是眼睛,但随后,玩具娃娃苍白的脸和身体,还有滑稽的旧玩具动物出现了。

达格向隔壁的店打听,知道在那店里可以找到一位所谓玩偶医生。实际上那店雇用了好几个人,都是修理破玩具的能手。许多损坏了的可怜玩具动物和玩偶都在那里修好,首先是让伤心的孩子们重新得到了安慰。

但在这些玩偶专家当中,没有一位叫作阿格妮丝·塞西莉亚的,达格问的那个人不知道她是不是一名助手或者临时工。

那家店星期六总是停止营业的。一点儿办法也没有。诺拉倒没什么,可达格一副苦恼的样子。他们在那些窄巷子里兜了一会儿。周围人很多,在各种艺术展览会进进出出,因为这是星期六,到处都有画廊开放。

最后他们走累了,就上老城的一个中世纪教堂,在这里他们遇上了安德斯和他那班学生。

这不是达格心里想看的地方。他急急忙忙地,只想马上出来。但诺拉要留下,于是他离开她走了。她答应等他,他会很快回来的。

后来安德斯和他的一班学生也走了,只剩下诺拉一个人。风琴开始奏响。她在教堂里著名的蜡烛球形玻璃罩里点了两支蜡烛,坐在一张长凳上听音乐。

过了没多久,达格回来了。

他的两只眼睛闪着光。发生什么事了?他把她从教堂里拉出来。

"诺拉!现在那店里有人了!我回到了那里。我有一种感觉,我们不应该就此罢手。"

那梦,那电话,到斯德哥尔摩的旅行,那店,直到现在,所有的事情都应验了。可他们到了那家店,它为什么不开门呢?只有这件事情不灵验,因此达格又回去了。而现在,一点儿不错,是有人在那里。里面有灯光,他看到了有人在走动。

"来吧!快!我们绝不可错过机会!"

他看上去很高兴。奇迹就在拐角那边等着,唯一缺少的是诺拉的合作。

当他们赶到那里的时候,灯依旧亮着——不是在店堂,而是在后房间,店门闩着,店关着门。

达格把鼻子顶着橱窗玻璃。"你敲门还是我敲门?"

"不,走吧。你可以看到店关门了。"诺拉想拉他走,但没有成功,他把店门敲得打雷似的响。

诺拉赶快跑开,然后停下来看会发生什么事。店门开了,达格进店不见了。她等着。过了一会儿他出来了,手里拿着一个包裹。现在又是怎么回事?他买了什么东西吗?

"给你的。"他把包裹给她。

"可达格……你不该……"

"是的,我应该。要我把这个给你!"

"谁给的?"

达格没有回答。他看看手表,说时间到了,该去火车站了。他们得赶火车。他走得飞快,她几乎得跑着才能跟上他。包裹不重,但不好拿。达格注意到了,主动替她拿。

"达格,在里面到底发生了什么事?"

"我以后告诉你。"

"你碰到阿格妮丝·塞西莉亚了吗?"

"没有。走吧。我们确实得赶路了。"

一路上,诺拉连一句明白的话也没有从他那里得到。他们提早来到了中央车站,其他人还没有到。达格毫无必要跑得那么快。他好像十分焦躁不安。

直到来到火车站,诺拉才知道在玩偶店里到底发生了什么事。一位玩偶专家在店里——一位很好的老人,他带达格四处参观。

"你问起了阿格妮丝·塞西莉亚吗?"

"当然问了。"

"他怎么说?"

"什么也没说。他去拿来这个包裹,把它交给我。但起先他犹豫不决,事实上这个包裹原定是由一个姑娘来取的。不过他一听说这姑娘正在街上等,就没问题了。"

"他怎么能知道就是这个人呢?他知道我的名字吗?"

"不知道,不过我既然问到阿格妮丝·塞西莉亚,那就全对头了。没问题。不过我还是没能问出阿格妮丝·塞西莉亚是谁,因为那老人同样一无所知。他只是收下了这包裹,答应把它转交给随便哪一个找阿格妮丝·塞西莉亚的人。他相信名字就和口令一样。不过我不相信他的话,"达格说,"一定还有别的什么意思。"

"你没问是谁留下这包裹的吗?"

"哦,问了,我当然问了,但也没能问出更多的东西。我总算问明这包裹是秋天里一位老太太留下的。她只进店一会儿工夫,一辆出租汽车在街上等着她。她看上去很衰弱。老人是亲自收下包裹的。他总算记住这包裹应该在圣诞节前被取走,因此不见有人来取,他已经有点儿担心了。他觉得要为这交给他的包裹负责任。现在能把它脱手,他十分高兴。"

就这些。他们只能满足于此了。

"那一定就是那位老太太本人!"诺拉激动地说。

"那位老太太?你什么意思?"

"她的名字叫阿格妮丝·塞西莉亚。"

"不,我不这么想。你从哪儿有这么个想法的?一点儿根据也没有。倒是我敢打赌,一定是打电话的同一个人留下了这包裹。那么,这个人是谁呢?"达格摇摇头,"我不明白她为什么不肯说出她的名字来。"

"你连最小的一点儿线索也没有?"

"没有,那老太太不留任何踪迹,不过在包裹里也许可以找到答案。"

"你说得对!"

诺拉焦急地朝四周看,安德斯和他那班学生依然不见到来。她找到一张空的长凳,他们可以这就打开包裹。

他们有足够的时间。

但是达格止住她,一脸严肃的样子。"诺拉,要到只有你一个人的时候才能打开包裹。那是最重要的。"

"为什么?这是谁说的?"

"玩偶店那老人得到关照,叫他在交付那包裹之前不要忘了通知那些注意事项。这件事太重要了,他甚至写了下来。"

达格掏他的口袋,拿出一张弄皱了的纸片。"给你!你自己看吧!"他把纸片交给诺拉。

她打开纸片,读着老人写下来的话:

重要!不要忘了!
那姑娘必须在**单独一个人**的时候打开包裹!
告诉她不要把包裹里的东西给任何人看!

第九章

把玩偶带回家

包裹在她头顶上面的行李架上。诺拉不时抬头去看看它。它细长,不特别重,里面也不沙沙作响。一点儿也猜不出它里面装的是什么。

诺拉开始觉得这次旅行漫长了。火车里坐满了人,诺拉一个人坐,达格跟安德斯和他那班学生在另一节车厢。他对这次旅行有点儿失望。可他期望什么呢?

达格这个人竟会那么浪漫。如果他曾暗暗相信今天会碰上他的"命运女神",那也不足为怪。阿格妮丝·塞西莉亚这个名字确实使人产生一种浪漫的遐想。它听上去那么富有诗意。

学校里的姑娘认为达格怕羞,或者"含蓄",如诺拉常听到她们说的那样。他貌美,但不惊人,得对他感兴趣才能认识到这一点。他眉清目秀,如果不是那么沉默寡言的话,他会吸引姑娘们的。也许他也有点儿害怕她们。

但幸亏他不怕诺拉。大家以为他们是亲兄妹。

他们是的——但也不完全是。从某种意义上说,他们还胜过兄妹。作为同胞,在相处中,很容易彼此不注意。但达格一直表现出对诺拉的尊重,这自然是双方的。他们虽然彼此那么熟悉,然而他们之间却从来没有闹过别扭。

"我们在一起作为朋友比作为兄妹更好,"达格有一次说,"再说,也不能够跟自己的妹妹相爱呀。"

她多次对这句话感到惊讶。达格会是爱上她了吗?不可能。或者是她爱上了他?不,她也认为这不可能。不过她最害怕的事情莫过于失去达格,或者他不再喜欢她。

有一次达格说,他永远不和一个诺拉不赞成的女人结婚。最好是这个姑娘和诺拉一模一样。

为什么这些想法如今浮上了脑际呢?

也许因为他和别人坐在一起而不和她坐在一起。她害怕他会抛开她,因为她不相信他那些神秘征兆。她需要格外持怀疑态度,不能轻信,因为有时候她是碰到了些奇怪事情。

达格失望是因为他没能遇见阿格妮丝·塞西莉亚吗?他有过他的梦……

但她是坐在这里妒忌吗?妒忌一个名字?一个甚至可能不存在的姑娘?

可怜的达格,他的阿格妮丝·塞西莉亚甚至可能不存在。忘记一个只存在于想象中的人至少一定更容易些。或者是,失去梦中的人、幻想的人跟失去活着的人同样痛苦呢?

于是她想起她的妈妈和爸爸。如今他们对她来说几乎是梦和幻想,他们简直像从未生存过一样。为了这样继续下去,她只好把他们从现实中抹掉,而把他们封锁在她的记忆之中。

但这一定和达格的阿格妮丝·塞西莉亚大不相同。至少她曾经见过他们、抱过他们和摸过他们,他们也曾经抱过她。

包裹里会是什么东西呢?它是谁给的呢?

万一它是认识她父母的人给的!这个人,他或者她,可能保存着他们的东西。也许正因为这个缘故,她必须单独一个人时打开包裹,不让别人看到里面的东西。也许是什么非常秘密的东西——完全是私人秘密,不能让陌生人看到的?

她越想越相信是这么回事。有一会儿,她打算让达格也看看里面的东西。但包裹里的东西如果和她的父母有关,她倒情愿自己一个人看。这一点她为什么先前没想到呢?也许它是和妈妈爸爸有关!想到这一点,她感到快活温暖。

一回到家,她就直接走进自己的房间,关上房门。天已经黑了,她没有开灯,却擦了一根火柴,点亮了蜡烛。

包裹放在她的床上。她把它拿起来,贴在胸口搂了一会儿。接着她解开绳子,解开一个绳结又一个绳结,这几乎像是一次宗教仪式。她不慌不忙,但她的心由于充

满预感而怦怦地跳。

她小心地把绳子绕成一团,这才动手去打开一层一层裹着的纸,接着又是几层瓦楞纸板。到最后,她抱起了一个用许多层皱纸裹住的东西。

她再次把它紧紧贴在胸口。皱纸窸窣响。蜡烛的火焰在桌子上闪烁,淡淡的影子在房间的各个角落里窥视。她有一种感觉,这些影子和她同样充满预感。

皱纸里面隐藏着什么呢?

一阵淡淡的香水味透出来。

现在诺拉剥开一张又一张皱纸,要把东西拿出来了。皱纸簌簌地落到地板上。

一个玩偶!

她有生以来见到过的最令人惊奇的玩偶。与其说是玩偶,不如说它是一个真人的雕塑。

这个雕塑是一个小姑娘,最多十岁,有一张苍白和严肃的小脸,雕得那么好那么美,完全像是一个活人。那不是一张玩偶的脸,是一张活人的脸。一双知道生活中许多事情的忧伤眼睛,一张带着怀疑的小嘴——一眼看去就是这个样子。

但等到诺拉把玩偶放在膝盖上,向它弯下身,用手掌温柔地托着它的头,把它举到面前,亲热地看着这小玩意儿的时候,她觉得它的脸变了,原先担心的眉毛舒展开来,眼睛露出笑意,嘴变得天真无邪。一转眼间,整张脸焕发出信任的光彩。

眼泪涌上诺拉的眼眶。"可怜的小东西……"

她把它抱起来,紧紧地贴在胸口上。

"你是从哪里来的?"

这是一个非常旧的玩偶,制作出来已经很久了,也许还在20世纪初。衣服的做工非常考究:纽扣扣得很高的黑靴子,黑丝袜,绣花的衬裙和宽松长裤;外面宽套裙一直垂到靴子的纽扣处,套裙上身的袖子一直到手臂肘;衣料是黑底上有粉红色的小花;白色的花边围着领口,镶在袖子上和小帽边上;帽子是用和衣服一样的布做的。

玩偶大约十四英寸高,身材极其匀称。棕色头发,不特别深,梳成两根辫子。头发是真人的头发,不是机器造的。眼珠涂成绿色。诺拉把小帽子脱下来时,玩偶露出了最娇嫩的圆圆的小脖子和最好看的小耳朵。

诺拉全然入了迷,目光怎么也离不开它。

但这小东西是从什么地方来的呢?它是谁做的呢?它是按照谁的样子做的呢?

它一定是按照一个活人的样子做的。没有人能想出这样出色的模样。

诺拉已经爱上了玩偶的那副样子。它看上去似乎很眼熟,但这自然是不可能的。她知道她从来没有见过一个和这小人儿相似的人。

"我要照顾你,"诺拉悄悄地说,"我永远不会抛弃你。"

她得找出它的名字，不能只把它叫作"玩偶"。说它是玩偶，可它太活生生了。它脸部的表情不断在变化，当然，这是由于光的变化。正好现在，它有一种恳求的表情。

她身边桌子上的蜡烛火焰很稳定，墙角里那些影子一动不动，空气中充满欢乐。

"我亲爱的……你是谁？"

她温柔地伸手去摸玩偶的衣服，摸摸它上身的小圆纽扣。脖子上有样东西在闪亮，一条细银项链藏在领口里。她把它拉出来，看到挂在项链上的一个椭圆形小银盒，盒盖上刻着两个花体字母：CB。

诺拉看过小银盒，然后用拇指指甲把它打开。半个盒子里是一张脸，一幅小画像，能想得出来的最小的画像，然而却出奇的清晰。画像上嵌着很薄的玻璃。

毫无疑问，和玩偶是同一张脸！诺拉的心怦怦跳动。她拿来放大镜仔细地看。不错，是同样的神态，同样的脸形，同样的脑门儿、鼻子和嘴。

在画像上它年纪大一点儿，但脸部表情依旧——有点忧伤和怀疑。这可怜的小东西在生活中大概没有多少乐趣。

另外半个盒子装着很特别的东西：你从没见过的最小的一根辫子，大概六英寸长，宽度只有一英寸的十分之一。它也是盘起来放在薄玻璃后面的。

这玻璃可以拿起来。诺拉用一把镊子很快就把那根小辫子放在手掌上。它在颜色和质地上与玩偶的头发完全一样,颜色和画像上的头发也一样,因此,诺拉现在知道玩偶的头发是从哪儿来的了。

画像和玩偶仿照的是同一个人,但年龄不同。但这个人是谁呢?

阿格妮丝·塞西莉亚?

如果是她,为什么花体字母是CB呢?①

诺拉把画像上的玻璃取下,看画像背面是不是写着字。

的确,背面用很小的字写着:**塞西莉亚,十六岁**。

这么说,玩偶的名字是塞西莉亚,诺拉于是又接近了一步。当她用放大镜仔细观看画像的时候,她发现下角似乎有更小的字。它们用肉眼是看不出来的,但用放大镜能看出来。写的是:**HB1923**。

她把画像和小辫子放回原处,把盒子吧嗒一声关上以后,坐下来沉思。玩偶仿照塞西莉亚十岁左右时的模样塑造。1923年画的塞西莉亚是十七岁。玩偶的塑造年份一定早七年左右——大约1916年——那么,塞西莉亚一定生在1906年。这是很久以前了。如果她还活着,今天该有七十五岁了。可她现在坐在诺拉的膝盖上,看上去栩栩如生,就跟她在六十五年前一样。这是一种奇怪的感觉。

---

① 阿格妮丝·塞西莉亚(Agnes Cecilia)的首字母应该是AC。

蜡烛一动不动地燃烧着。

诺拉看着塞西莉亚。"我把你藏在什么地方呢?我们不能让别人看到你,这你知道。"

她坐在那里,把玩偶凉凉的小脸蛋贴在自己的脸上,轻轻地摇啊摇。CB,塞西莉亚·B。她得查出B代表什么。小画像的署名是HB。她说不准,但可能是同一个姓。

那么阿格妮丝·塞西莉亚又是谁呢?她还是不知道,但她和这玩偶一定有什么关系。

还有许多不能回答的问题。她需要一个像达格那样的人来帮忙。能跟他商量商量就好了。他们可以进行真正的"调查",正如他们要一起解决什么问题时达格常说的那样。

但是她连给他看看玩偶都不行!

她就是给他看了又有什么两样呢?他已经介入了。如果真把它当作秘密,那打电话来的老太太必须等诺拉来接电话而不是通过达格向她问好,也不应该这样轻易说出老城的地址和阿格妮丝·塞西莉亚的名字。她一定是要把达格也拉到这件事情上来,可她也不可能知道他是谁呀。

或者她知道呢?

不管怎样,也许最好是按照老太太的话做。诺拉还是得设法自己对付。

"好,现在我有了你了。"她又摇着塞西莉亚,仿佛觉得有了玩偶便感到了安全,感到了一种安宁。

国际大奖小说

但它身上是种什么香水味呢？诺拉想她熟悉这种香味。不过是在哪儿闻到的呢？谁用这种香水呢？

这时候有人敲房门，她吓了一跳。"是谁呀？"

"达格。我要给你看样东西。"

"请等一等。"

她拉开写字台抽屉，把玩偶在里面暂时放一下。她以后要给它找个更好的藏身地方。

达格进来，看上去带着期待的目光。"你点着蜡烛？这里太舒服了！"

他四处瞧瞧，眼睛停在地板上的皱纸上面。

"我很抱歉，达格，但是我不可以……"

"没什么，这我知道。我来不是为了这件事，你保存着那个玩偶吧。不过你现在快活了，对吗？"

她好奇地看着他。"你怎么知道是个玩偶？谁告诉你的？"

"没有人告诉我。"达格一副胸有成竹的样子，"它只能是个玩偶，这还不清楚吗？从一家玩偶修理店还能拿回来什么？再说那老太太关照店里的老人特别小心包裹，因为里面装着美丽和容易弄坏的东西，因此我猜想她说的是一个玩偶。"

"我真想让你看看它。"诺拉说。

但是达格做了一个不在乎的手势。"不，我们应该尊重老太太的愿望。她要你一个人看到它，就一定有她的道理。你得小心——不把它给任何人看可能很重要。"他

神秘的公寓　66

说。

他神秘地看了诺拉一眼。"我倒有样东西要给你看看。"

他从上衣里面拿出一本书,开始翻找。这是那本俄罗斯民间故事。

"在这里。你记得这些话吗?"

他找到了那段话,读给诺拉听:

请把我这些最后的话存在你的记忆里。
我将死去,而和我的祝福一起,
我现在给你这玩偶。把它藏好,
不要把它给任何人看。
但如果有什么不幸降临到你头上,
拿出玩偶,请它指点。

达格严肃地看着她。"你记得这几行字,对吗?"

她点点头。可实际上,她把它们忘得干干净净了。这几行字正是昨天夜里,在决定去斯德哥尔摩之前,她仅仅为了开个玩笑,随便翻到便读给达格听的。她本以为这段话和她一点儿关系也没有!

"你说得对。这玩偶我永远不给任何人看。"

国际大奖小说

第十章

遇到英加外婆

诺拉忽然醒来。

这是星期日早晨,阳光透过软百叶窗射进来。又是一天!棒极啦!她已经好久没有感到这样快活和睡眠充足过。她常常起床比上床时还觉得累,因为她梦太多。

她感到快活。昨夜她一定做了好梦。到底发生了什么事情呢?

塞西莉亚!诺拉朝那边的壁炉看去。它里面有一个小壁龛,安着两扇金色小铜门。昨天晚上她把玩偶藏到那里面去了,还在玩偶下面放了一个红色小绸垫子。

但现在小铜门大开。诺拉吓坏了。小垫子还在壁龛里,可塞西莉亚不见了。

诺拉吓得从床上坐起来,这才看到塞西莉亚正躺在她身边的枕头上。

没有比这更奇怪的了!昨天晚上她肯定把它放在壁龛里,还关上了小铜门。到头来,它怎么会在这里呢?诺拉一点儿也想不起曾起过床。难道她开始害上梦游症了吗?要知道,塞西莉亚根本不可能自己走动的。

她凝视着玩偶。她觉得那张小脸带着一副心满意足的样子,一条胳臂优美地在枕头上伸出来,头部有点儿歪着。

诺拉把它抱起来,在地板上旋转着跳舞,唱歌,欢天喜地。她长这么大从没玩过玩偶。她本以为玩偶是人造的,呆头呆脑的,但这个小东西不是,完完全全不是!

"我疯了,"她想,"幸亏没有人看见我。"她听到公寓里有动静,知道其他人也醒了。她把玩偶放回壁龛,关上两扇小铜门。接着,她洗了个淋浴,穿好衣服,到其他人那里去,样子和平时一模一样,但却一直想着她的秘密,以及怎样能够多知道一点儿。

吃过早饭,莱娜来电话说她要去蹬自行车,诺拉不太喜欢这玩意儿,不过还是说"好的"。她本来想说不去,但莱娜抱怨说她体重有问题——按她自己的计算,她超重九磅。莱娜认为自己需要锻炼,但她讨厌锻炼。

诺拉没有这种问题。但莱娜相信,诺拉应该趁还没有问题的时候开始锻炼。莱娜说,增加体重总比减少体重容易得多。莱娜是这样一种人,一旦做出决定就寸步不让。"我就是这么想的!"她会宣布说,于是异常固执,直到照她的意思做为止。

她们两个蹬自行车的时候,莱娜喋喋不休地说着话。她说如今她对各种事情有成吨的问题,男生、衣服、发型、化妆、父母、兄弟姐妹、老师、学校……她遭到了

"世界上最恶的厄运"折磨,然而很难为此感到真正地难过——她有如此令人难以置信的乐天性格,看上去是那么惊人的强壮和快活。现在当她使劲蹬动踏板向前时,她的嘴没有停过。最糟糕的是,她看上去几乎是在快活地描述她所有的苦难,因此别人很难把她的话当回事。

她们蹬了半天自行车,一直来到莱娜叔叔开的餐厅。在这里,莱娜又可以饱饱地大吃大喝热奶油巧克力、露馅的三明治、馅饼、小圆面包了。

"我又违反禁律了!"她吃完第三块三明治以后,快活地看着诺拉说,"你也想违反禁律吗?那就违反吧!"她劝诺拉,"就这一次!再说这是免费的。我也不打算在星期三以前当真节食,先得来个饱饱的星期二再说。"

她那双圆眼睛盯住诺拉看。

"不过我没有打算节食。"诺拉说。

莱娜把眼睛睁得更大了。"什么?你要抛弃我吗?"

"我没有当真答应过,对吗?"

"我们不是朋友吗?"

莱娜的眼里几乎含满泪水。她难过地咬她的三明治。"你怎么能够这样不忠诚?如果是朋友,你就要一起节食。减轻体重是这么没有希望,得有人支持和鼓励才行。这不公平!我一直是那样逗你高兴起来,你却不报答我。你能够就坐在那里看着所有这一切,却什么也不做吗?而且当星期三我们可以开始正正经经地节食的时候,你竟拒绝和我一起节食?你还算是朋友!我本来倒把

你想得好一些的,诺拉。"

诺拉好不容易忍住笑。这是什么逻辑?

"你是说我有责任阻止你吃得太饱吗?"

莱娜没有回答。她要装出生气的样子。

"既然这样,我可以吃你的三明治吗?"

"吃吧,如果你吃得下的话。"

莱娜把三明治推过去,诺拉拿起来就咬,看起来像个殉教者。诺拉扑哧一笑,面包屑飞过桌子。诺拉再也忍不住笑了。莱娜生气地看着她,但接着也忍不住哈哈大笑起来。

莱娜不是记仇的那种人。事实上也许她自己也知道,节食对她来说主要是一个话题,许多话题当中的一个。它只是她在这种场合谈谈的东西,也许这样一来,她就更能享受她塞进肚子的所有东西。她就是这么个人。她做事情喜欢明知故犯,这是一种改不掉的性格。如果她能使得一件事情成为禁忌,她就越是想要去做。

莱娜就是这么个人,诺拉喜欢她。

达格对莱娜有他自己的看法。他认为她无可救药了,而且不明白诺拉看上她什么。

但这一点儿也不关他的事。诺拉唯一真正生达格气的,就是他批评莱娜同时说他没兴趣要认识她的时候。他不认为他需要操这份心——他对她那种"类型"的人看得清清楚楚。这几乎把诺拉气疯了。

诺拉深知莱娜,明白她有丰富的幽默感和自己编造的反话。她在许多方面都是不寻常的。至于她那种使达格大为恼火的"空谈",很不幸,是她在家里学来的。她家里的人谈发型、服饰和所有进入他们头脑的东西。诉苦,说自己不断受厄运折磨,这多少也属于这种消遣。这是他们的空谈,如果认真对待它们,那就会令人讨厌,但诺拉知道他们并没有这样做。对于莱娜,这一点更容易容忍,因为她还有那么多其他的优点。

莱娜很忠诚,没有人能像她那样愿意帮助人。一旦需要,她会百分之百地尽她的力。这时候她忘记了自己,空话也消失了。她能够分辨出什么是必要的什么是不必要的。莱娜具有友情和爱心,它们是真诚的和无保留的。正因为这个缘故,她是诺拉最好的朋友。达格爱怎么想,就让他去想好了。

诺拉怀疑安德斯和卡琳也不怎么喜欢莱娜。他们什么话也没有说过,但这种东西你可以感觉到。他们从来不提出请莱娜到家里来,而诺拉的其他朋友显然受到欢迎。因此,诺拉上莱娜的家多于莱娜来诺拉的家,这个星期日也如此。

"我们上我家去吧,好吗?"莱娜有一盘录音带想让诺拉听,诺拉就跟她去了。

当她们来到莱娜家,她的外婆正在那里。她们来了,这位叫英加的外婆显然很高兴,诺拉见到莱娜的外婆也很高兴。她们曾经见过面,但那是很久以前的事了。她们可以谈的话多的是。英加外婆和莱娜一样乐天,她的话也同样多，说得也同样古怪。

英加外婆喜欢提出各种问题。当你试图回答的时候，她会听得心不在焉，直到她找到一个她感兴趣的话题。只要找到一个好话题，她会很愉快地听下去。她一辈子生活在这个城里，熟悉这里的许多事情，尤其是对这里的人后来怎么样了，她更是特别熟悉。

"你搬家以后，我断定我们没有见过面。"她对诺拉说，"你现在住在哪儿啦？"

她一听到诺拉的回答，马上大感兴趣。英加外婆对那房子熟极了。她的父亲曾经是那里的看门人，她就生在那房子面朝院子的楼下。他们曾经有一套很好的小公寓——两个房间、一个厨房和一个大门厅。她到现在还记得门厅那可爱的带花的墙纸。他们搬进去的时候，她曾撕下一小片作为纪念品，她去学校的时候拿它当书签。

她的父亲很早就去世了。他比她的母亲年纪大得多，她其实已经不大记得他了。她父亲死了以后，他们本以为要搬走，但得到允许继续住下去，因为她的母亲是那么能干的一个女人。她到许多人家去打扫卫生、洗衣服来养活一家。人们都愿意雇佣她，因为她是一个少有的快活和可靠的工人。

她的母亲也帮过住在临街房子的那些人家。在她去打扫的时候，英加外婆得到允许跟着她去。因为这个缘故，她看过诺拉现在住的那房子的大多数房间。

她断定她也到过诺拉现在住的那套公寓。但她当时太小,有些事情很可能记混了。不过她相信那里住过一个年轻女人和她的女儿。那小姑娘在学芭蕾。

英加外婆有一次还见过她跳舞,那一定是在公寓家里表演个小节目。那小姑娘穿着一条闪亮的薄纱裙,裙子上有一根轻飘飘的蓝色彩带,像蝴蝶一样翩翩起舞。这是英加外婆到那个时候为止,看到的最美丽的东西。

诺拉的思想转到在她那上层壁橱找到的那双破芭蕾舞鞋。它们也许是那位跳舞的姑娘的。"她叫什么名字?"

但是英加外婆摇摇头。"我一直记不住名字,而且我们搬走的时候我只有五岁。差不多过了六十年了。不行,我记得人,但是不记得他们的名字。不过问问我的母亲吧,她认识住在那房子里的每一户人家。"

"她还活着吗?"

英加外婆哈哈大笑。"噢,是的,我的母亲活得好好儿的。她都快一百岁了,但是她非常健康。那周围一带房子里的事,她都知道。我可以向你保证,她有罕见的记忆力。"

第十一章

玩偶的暗示

春天的花木正在发芽,诺拉有一种坐立不安和奇怪的感觉。对她来说,一件以前从来没有发生过的事情正在发生。

她好像时刻都在警惕着什么。如果她打开报纸,她的眼睛会马上落到一幅图片或者一些文字上,它们似乎含有一个秘密信息,正好是给她的。可她读到的广告、新闻等等没有什么特别。别人对这些文字和图像完全不会注意,但它们对诺拉却有惊人的吸引力。在长长的一栏栏的文字中,如果有一个字和她的想法有关,在她一翻开报纸时它就会出现。它从大块大块的文章中就那么跳出来,冒着火焰,避也避不掉,就像它是用火写的字母。

这新的体验既累人又刺激。一切好像指着一件和同一件事情:什么人正在什么地方等着。她必须去找。

她变得心不在焉,安德斯和卡琳认为这是由于春困造成的。达格没有说出他的想法,也不去打搅她。他明白她需要一个人待着,把事情弄明白。

但真正影响诺拉的是塞西莉亚。玩偶那张敏感的脸不断在变换表情。自然,这是光线的缘故。这张脸塑造得那么细致,即使光线最微小的变动都会使它产生一种新的样子。诺拉不管原因是什么,重要的是这玩偶有助于她思索。

当她一个人和塞西莉亚坐在一起并研究它的脸的时候,她觉得她那些问题已经得到解答;她的心清楚了,她知道她该做什么。

俄罗斯民间故事那本书里的那段话说,她应该请教这个玩偶。这正是她现在的做法,并且总是感到得到了帮助。如果没有发生别的事,当她和塞西莉亚待在一起的时候,她变得更安心,也感到更安全了。

但有一天,当她正要和塞西莉亚坐一会儿的时候,脚步声忽然回来了。已经好久没有听到过它们,自从塞西莉亚来了她还没有听到过。

她刚把壁炉的小铜门打开,正要把塞西莉亚从壁龛里拿出来,这时候她猛然听到脚步声在圆形房间里出现了。

她朝房门看看,注意到她进来时忘了关房门,她平时一个人跟玩偶在一起时总是把房门关上的。她于是重新关上小铜门,跑过去关房门。

但是已经太晚了!

脚步声已经到了那里。诺拉和那陌生人相遇了。他们停下,面对面,在门槛的两边。但诺拉看不见她面前的

人,只能感觉到有一个人。

在这里,在她面前两英尺不到,那么近,她能感觉到对方的颤动;那么近,他们伸出手可以碰到对方。就在这么近的地方站着一个她看不见的人,一个不显形的人。过去诺拉总是背对着对方,而现在,她第一次和这个看不见的人面对面。

他们站在那里等着。

安静可爱的夕阳照进房间。寂静。在一片寂静中,忽然窗台上那小闹钟又响起了金属的滴答滴答声。整个事情像个梦,用不真实方式出现的真实。阳光在房间里静止不动。一切在等待,只除了闹钟滴答滴答在走——在后退。诺拉感觉到它在后退,尽管她从她站着的地方看不到。

这时候,她听到窗外翅膀扇动,又变成很大的鸟影子在满房间的墙上闪来闪去。

忽然壁炉的小铜门开始慢慢地滑动打开。与其说是看见,不如说是诺拉感觉到。塞西莉亚一下子从壁龛里倒栽葱般地落下来。诺拉连忙冲过去,就在最后一瞬间把塞西莉亚抱住了。

诺拉的心跳得那么沉,那么痛。

她怎么可以把小铜门关得那么粗心大意呢?

现在已经不可能去想这件事了。不过起先她想,那两扇小铜门看着像是从里面向外打开的,这时候它们看着又像是从外面打开的。但最后诺拉肯定是她没把它们关好,所以它们自己滑开来,因为她听见脚步声过来时太慌张了。

诺拉紧紧抱着塞西莉亚,重又站着一动不动。房间现在很安静,钟声也停止了。没有人留在房门口,脚步声没有了。就在刚才一会儿工夫,她由于心急忙慌,没有留意它们是什么时候消失的。

只有鸟的影子还在墙上盘旋。她不知道什么鸟会投进来这么大的影子,但她看不到它们,阳光照花了她的眼睛。那些鸟不停地在外面飞,影子却在里面墙上、地板上、壁炉上,甚至她的白上衣上,一会儿在这儿,一会儿在那儿。它们掠过她的手和塞西莉亚苍白的小脸。这是她遇到的一件奇怪的事。到最后,鸟安静下来,太阳也落下去了。

诺拉抱着塞西莉亚在写字台旁边坐下来。她用一只手托住它的小脖子,看着它的脸。她就这样坐了一会儿,思索着。她不时转动玩偶的头,让它的脸对着不同的光,用这个方式和塞西莉亚交流思想。她们用她们的思想相互对话。

"你要我做什么?"

当她把它的小脑袋托起来对着自己时,塞西莉亚的手动了,指着什么东西。起先诺拉没有在意这件事,她微微笑着,塞西莉亚看上去却那么坚决——几乎是专横。

她转转它,但是那只手依旧指着同一方向,于是她看明白了。

塞西莉亚指着她写字台最上面的一个抽屉——它拉出来了。诺拉忘了关上它。她转身要去关那抽屉，可这时候塞西莉亚的头动了动，看上去完全像是在摇头说不。

"我不该关上它吗？"

塞西莉亚点点头。诺拉用疑问的眼光看着它，那张脸依然同样肯定。诺拉产生了一个冲动，要把抽屉拉得更大些，看看里面是不是有什么塞西莉亚可能指的东西。但是抽屉卡住了，拉不出来也推不进去。她把它下面的一个抽屉摇动着拉出来，看见最里面有一样东西横卡在那里。她想找一把尺把它顶松，但这不好办，她那些抽屉里乱七八糟的东西太多了。

当她乱翻的时候，她在这些乱七八糟的东西中找出了一个小瓶子。这是个香水瓶。安德斯重修房子时，在她的上层壁橱里找到了一个镶小珍珠的钱包，当时这香水瓶就在那钱包里面。

诺拉打开瓶塞闻闻。现在她知道她为什么熟悉塞西莉亚身上的香水味了，她曾经奇怪那香水味为什么这样熟悉，那是因为塞西莉亚身上的香味和这瓶香水的味道完全相同！

"哦，那么这就是你指的？"

诺拉看着塞西莉亚，但它这一次好像完全没有表情，几乎像一个普通的玩偶。

最后她打开了那个抽屉，原来一本旧报纸簿卡在后面了。她翻看簿子——只是一些乱涂乱写的东西，没什么值得保留的。她正要把它扔进字纸篓,一张照片滑落下来。

真奇怪,她怎么现在才想起这件事?这张照片原先也是放在珍珠钱包里的,和香水瓶放在一起。它不是什么真正值得保留的东西,又黄又旧,上面的人她也不认识,但她憎恨把照片扔掉这种主意,特别是如果照片上的人还活着。

照片上是两个年轻女人和一个小婴孩。照片背面写着:**阿格妮丝和赫德维格,1907**。

阿格妮丝?

她举起塞西莉亚,仔细地看它的脸。

所有这些东西是怎么联系起来的?

照片上的两个女人会和塞西莉亚有什么关系吗?两个女人当中,有一个叫作阿格妮丝。

这有重要含义吗?也许当时阿格妮丝是个十分普通的名字。

照片很模糊,从背面的说明她也不能断定其中哪一个女人是阿格妮丝。

但是现在玩偶的脸上有一种渴望的表情,好像要说:"这仅仅是开始。继续下去。"

诺拉并不打算到此为止。她把玩偶紧贴在胸前,就这样坐着,陷入沉思。

当天晚上发生了一件奇怪的事。

事情是这样开始的。当时诺拉要看看其他人是不是在家,是不是该开晚饭了,但一个人也没有回家来。

她决定到厨房去先摆桌子,然后去削几个土豆。她在起居室的旧五斗橱前面停下。卡琳在五斗橱上面摆着的花瓶,也是在诺拉的壁橱里找到的。过去她没有怎么注意过它,可现在看到它有多么可爱。它是蓝色的,很好看的蓝色,前面有一只闪亮的童话里的鸟,后面是一种传统的花鸟图案。安德斯认为那是个波斯花瓶。花瓶的瓶身上有裂痕,不过裂得不太厉害,估计这花瓶还可以保存很久。

它放在一块编织垫子上。诺拉在垫子上慢慢转动花瓶端详了一会儿,接着就进厨房摆桌子、削土豆。

晚饭后安德斯和卡琳出去了,达格也不知去了什么地方,因此只留下诺拉一个人和那些盘子。不过她无所谓,因为他们很快就会回来的。

当她穿过公寓回去时,她注意到晚饭气味还留着不散。卡琳对气味过于敏感,只要闻到气味就得打开门窗,同时抱怨说只有她会这样。

因此诺拉把起居室通阳台的门打开通风,然后回到自己的房间去。她刚拿起本书坐下,就听到公寓里砰的一声响。阳台门关上了。既然房间还没有通好风,她就重新去把门打开,再回来看书。

这时候她又一次听到砰的一声。这一次却不是阳台门了。她一走进起居室,就看到花瓶在地板上摔碎了。

国际大奖小说

这怎么会呢?花瓶怎么会落到地板上呢?一定是阳台门碰上时把它震落下来的。

也许是她在垫子上转动花瓶的时候把它移动过了,也许是外面街上卡车开过足以造成这一事故。不过她如果没有碰过那花瓶,事情就绝对不会发生。卡琳知道了会难受的,她想。

她弯腰去捡那些碎片。如果能拼装起来就好了!

就在这时候,她发现地板上有些奇怪的小纸条,这些很小的团起来的白纸条在阳台吹进来的风中旋转。它们是从哪里来的呢?

她关上阳台门,把它们收集起来。纸条很多,至少上百个。它们被吹到家具底下,到处都是,因此她得到处爬着去捡它们。

它们原先一定是在花瓶里的。

纸条上面都写着字,不过她现在没工夫看它们了,她要趁大家还没有回家的时候收拾掉花瓶碎片。她跑去拿来一个塑料袋,把纸条塞进去,接着又去收拾花瓶碎片。她数了一下,那些碎片一共只有十二片,细瓶颈是完好的一片。她想她有办法把花瓶拼起来。

她找到一管胶,把那些碎片拿进自己的房间。她在写字台旁边坐下,设法把花瓶拼起来,可就是拼不成。碎片粘到她的指尖上,她要擦掉手上的胶,结果怎么也弄不好。

这时候她听到有人来了,她更紧张,那堆黏糊糊的

神秘的公寓

东西也变得更加糟糕。

来的只是达格。他看着那些碎片,听她告诉他出了什么事。她没有提到纸条。

达格查看了碎片。"我来帮你。"

她去洗手上的胶。有了达格帮忙,事情就没那么难了。花瓶可以像玩拼图游戏那样拼好。事实上,新的接缝还不像那条旧裂缝那样明显。

诺拉心中的石头落了地。"我认为这都是我的错。"

达格大笑。"你应该让卡琳自己去给那房间通风,那么她也会发生这件事的。"

卡琳知道这件事以后确实也这么说。"不过如果我在这里,这花瓶就会碎成一千片,要拼都没法拼了。"她说。

"我希望你别这样看事情,诺拉,"安德斯严肃地说,"你知道,你这样认为自己错了,我们就会认为这是我们的错,我们就会想,我们竟给了你那么多犯错误的感觉,真是糟糕透顶的父母。"

"别这么说!"诺拉哈哈笑着为自己辩护,"因为这样一来,你们觉得糟糕透顶,我又相信这是我的错了。"

"一个恶性循环。"达格说。

诺拉一个个看过去,忽然她感觉到她属于他们。今天晚上她不是外人,其他人也并非只是"收养她的人家"。这天晚上他们四位一体,属于相互关怀的一家人。

这是一个美好的夜晚。

国际大奖小说

第十二章

花瓶中的小纸条

她忘了什么吗?诺拉躺在床上睡不着。她不是一件事情打算待会儿做,另一件事情必须先做吗?两件事情她哪一件都记不起来了。她变得忘性这样大,简直无药可救了。

那会是什么事情呢?

她试图想起来,结果倒是睡意蒙眬,打起了哈欠。她正要入睡,又一下子坐了起来,突然清醒了。

塞满纸条的塑料袋!现在她记起来了。当时先得修好花瓶,现在她可以动手处理纸条了。

它们上面写着什么东西?就是这回事!

她飞也似的下床,把所有的纸条倒在地板上,和塞西莉亚一起坐在它们当中。

这些纸条是怎么塞到花瓶里去的?为什么要塞到花瓶里?一定有什么人把它们紧紧捏在一起,塞进了那么窄小的瓶颈。为什么会有人想出这个主意呢?显然,不打破花瓶就没有办法把它们再拿出来。

但也许是为了它们永远不被找到。

这些纸条一定来自一架加法机。她在莱娜家见过一架旧的,她的外公过去在他的店里也使用它。这种机器要用一卷卷的窄纸条,它们跟这些纸条一样。

纸条上的字是用铅笔写的。第一眼看去,她觉得写字的是两个人,因为有两种不同的笔迹。一种是圆的儿童字体,另一种更成熟。但文字的内容后来使她明白,写字的无疑是同一个人,但写于不同的年龄。从字迹看大概——不能完全断定——是一个女孩。男孩的字迹一般看上去跟这不一样。

但写的这些东西打算给谁看呢?它们是什么意思?起先诺拉想不出来。她从地板上拿起一张又一张,茫然地看每一张。

每一张都按照同样的格式,先是日期,接下来是几个字。例如:

1914年3月26日　胡尔达照顾我。

1915年10月12日　孤单。没有人能照顾我。

1916年7月3日　照顾的人先是鲁特,然后是胡尔达。

1916年9月21日　贝达得照顾我。胡尔达病了。

1917年2月7日　没有人能照顾我。孤单。

1917年2月8日　更孤单。没有人能照顾我。

1917年2月9日　最孤单。又没有人。

国际大奖小说

诺拉翻看那些纸条。她已经开始觉得不耐烦了,一切显得那么令人困惑。每一张纸条几乎都疯狂地重复同一个句子,只有日期不同。这是什么意思呢?把一个花瓶塞满无用的字条,这些字条又不打算给人看?

她已经准备罢手了,把所有的纸条扔到字纸篓里去,但就在这时她看到了塞西莉亚的神情。这玩偶伸出双臂,像是要保护这些纸条,它的脸看上去有说不出的可怜。

诺拉心中突然涌起一股柔情,把玩偶紧贴在胸前。可怜的小东西!她抱着它静静地坐了一会儿,思索着。接着她开始把纸条按日期分别排列。

过了一会儿她想出了一个主意,要把它们按时间次序粘好,放到活页夹里去。用这个办法她可以得到一个概况。这是一个好办法。她这样边做边想,时间飞也似的过去。花了整整一个晚上,但这是值得的。

这些简单的短句子合起来却有点儿实质性的东西。它们尽管短,但说出了一件可以理解的事。她需要做的只是提出正确的问题。当她看着塞西莉亚的时候,它们一个一个接连而来了。

所有的纸条大致重复同样的事情,正像她已经弄清楚的。但为什么事情每一次发生都要记下来呢?

有人受到照顾,或者有时被一个人留下来。看来常常这样,至少一星期一次,有时候连续好几天。

是个什么人,或者是些什么人照顾这个人呢?

大部分时间是个叫胡尔达的女人,还有些其他人,主要是女的。偶然有两次是一个叫阿格妮丝的,这两次都在1917年——一次是7月12日,一次是12月5日。

这种情况持续了很久。

最早一张纸条写在1913年11月16日,手写字体非常孩子气,是个刚学会写字的人写的。1913年写的只有一张。大多数写在1914年、1915年、1916年,特别是1917年。1918年写的大都在年初,接着少下去。1919年和1920年写的只有几张。就是这样。但共计七年,从1913年到1920年,这些观察资料都照例记录下来了。

它们塞在花瓶里干什么呢?

这样它们自然可以安全保存,但这不可能是唯一的理由。一定还有别的什么令人信服的理由——否则为什么有人会想出这么个主意呢?

诺拉摇晃着塞西莉亚,她渐渐开窍,明白可能是怎么一回事了。这可能讲得通。这些纸条不是表达出她自己能够明白的事情吗?写它们的人不是想讲出她——或者他——有多少次必须由他人照顾,只因为她或者他最亲的人,妈妈和爸爸,由于这样或那样的原因不见了吗?诺拉觉得很清楚,就是这么回事。

但它们是写给谁看的呢?

诺拉看着塞西莉亚,仔细地想这件事。它们可能不是专写给某一个人看的。有没有人看它们并不重要,它们完全是为写而写,就像是无言地证明某种孤独时很难学的事情,比方受到遗弃正是这种事情。

它们似乎在写的时候就被打算塞到花瓶里去,要它们消失却又继续存在,收藏在人们找不到的地方,而这地方只有写的人知道。诺拉觉得这是很容易理解的。

这些纸条表达的是失望、伤心和巨大的遭遗弃感。写纸条的人常常有这种感觉。一件恼人的事情不是别的,它就是一个必须解决的问题。一个不断地被安置、不断地被照顾的人,一个不是在她或他自己的家的人,一个不受欢迎的客人。

诺拉认为就是这样。也许她读时把那些可怜的字句看得严重地超过了实际情况,但她并不认为如此。这些纸条不停地写下去,并如此奇怪地藏起来,这一简单事实只能说明她猜的不会错。

在一张纸条上有一个字眼儿使她读起来发抖:"怜悯。"它在两处出现,都关系到同一个人。第一处是:1917年7月12日。阿格妮丝怜悯我。第二处是:1917年12月5日。阿格妮丝又怜悯我。

在诺拉眼里,"怜悯"等于出自同情而自我牺牲。当她读着这个字眼儿时,她感觉到脊梁骨阵阵冰凉。它好像有很深的含义。这个字眼儿不用在别人身上,而两次都用在了阿格妮丝身上,这一定有什么特别的意思!

阿格妮丝?那不是照片中其中一个女人的名字吗?

诺拉把照片拿出来重新看,但不容易看出这两个女人的性格，也不清楚哪一个是阿格妮丝。其中一个看上去很温柔，还有点儿淳朴；另一个也许更兴奋，不过照片太模糊了，什么也看不出来。她把它放回去。

这些纸条是谁写的呢？照顾的对象——或者受苦的人——是谁呢？连起码的线索都没有。

这一定是个孩子。是个女孩吗？或者可能是个男孩？她说不准。起先诺拉想象是个女孩，但这可能是想当然。她一定是简单地认为这人是跟自己同一性别的人了。

她——或者他——那时候多大呢？她可以猜一猜，但她开始累了。她这会儿没有这个力气。还有那么多东西她不知道。一切都得由她自己去想，接下来会发生什么事呢？这也许只是个开头。

万一达格会说，一些"隐秘的动机"还在这一切的后面怎么办？

他习惯说的话还会有什么呢？"对无法了解的事物，唯一的办法是相信它并且高高兴兴地相信它。"

然而她不知道该相信什么。

她觉得太困了。她摘掉玩偶的帽子，用鼻子去摩擦它可爱的小脖子和柔软的头发。

她小时候从来没有一个漂亮的玩偶。她那些玩偶看上去都傻乎乎的，因此她从不玩玩偶。没有人明白为什么。卡琳曾经为此担心过，有一次诺拉就听见她用认真的口气在电话中说："这孩子不会玩。"

诺拉想，一个孩子不会玩准是非常可怕的——就像

一个歌手不会唱歌一样。

在那以前她不明白她有那么可怕的问题,但是卡琳那种认真的口气把整个可怕的事实挑明了。结果是,一有大人靠近,她马上就手头儿有什么就拼命玩起来。

但是这也不大成功,所有的人会盯住她看。最糟糕的是,不能像其他孩子那样玩她却从来没有为此苦恼过。她老是有事情忙个不停,从来没有闲过。她没有想到这是错的,她不应该这样而应该去玩。

安德斯和卡琳异常爱玩。他们会为此哈哈大笑,并且相互说:"你和我小时候从来没有能真正玩个够过。"

达格小时候,他们千方百计让他玩得痛快,甚至想不让他入学,就为了怕妨碍他玩。对诺拉他们也这样,不过她就是她那个样子。他们对她真是担心得不得了。

她和他们谁都不一样,就像完全不同的人。他们觉得他们的家里有一个小外人。

天啊!这些纸条正像是她写的!

对卡琳来说,这样想是不公平的;对安德斯来说,这样想是不公平的;对达格来说,这样想是不公平的。但她忽然发现,这是事实。

她在塞西莉亚的圆脖子上蹭她的鼻子,接着拿起夹着那些纸条的活页夹,把它深深地藏到写字台一个抽屉的最里头。

第十三章

路德又出逃了

路德又开始跑到外面不回家了,这只狗再也靠不住了。是春天到了吗?不然又是为什么呢?它是不常做这种事的。

在搬家期间它曾经有过一段瞎闹的时期,但那还可以解释。可这一次,要明白它一下子出了什么毛病就难得多。

事情是从卡琳有一次蹬自行车带着它出去开始的。刚出城,她把自行车停在路边要散散步。她一边散步一边逗着路德玩,却发现它变得异常狂躁。忽然之间它挣脱了她的手跑掉了,还带着皮带什么的。

事情发生的时候,她是在一个废墟那里,周围有许多林地。卡琳花了很长时间在树木间的小路上蹬着自行车叫它找它,但是路德没有回到她身边来。哪里也找不到它,她只好一个人回家。

安德斯马上把狗失踪的事报告了警察局。两个小时后他们打电话来说,路德就在他们警察局里。是诺拉接的电话。路德的皮带和颈圈都没有了。谁知道它去干了什么!

她得想办法用皮带牵住它,不然很难把它带回家。星期日所有的商店都休息,她上哪儿去弄到一根皮带呢?这时候她想到了那个带皮带的旧颈圈,是安德斯修房子的时候从她的壁橱里找到的。真幸运,它给路德戴正合适,因为上面地址也对,于是他们就把它留下来了。虽然颈圈上的名字是"英雄",但暂时将就一下吧。路德不识字,名牌可以以后换掉。

但路德的胆子显然大了,一有机会它又跑掉。

安德斯比任何人都为这件事苦恼。他对路德在行为上的这种突然变化十分担心,因为动物是不会无缘无故瞎闹的。安德斯亲自过问这件事。

现在这件事又发生了。

这一回诺拉有责任。这天是受难节①,她带路德到乡间散步。半路上她跑过去看莱娜的外婆,她也出来散步了。她们停下来又谈那房子。英加外婆答应,她什么时候去看望她住在退休老人养老院的母亲时告诉诺拉。这样诺拉可以陪她去,亲自跟她母亲谈谈。

路德本来乖乖地站在她们身边,诺拉几乎把它给忘了。忽然之间,它像支箭那样挣脱身子跑了。诺拉简直目瞪口呆。

---

① 受难节是复活节前的星期五。

她跑回家找来达格,他们马上蹬自行车回来找路德。

那方向只有一条散步的小路,就是路德第一次失踪时卡琳走的小路。达格和诺拉这一回也沿着这小路走。他们来到那片废墟,把他们的自行车放在一旁,四处又找又叫。

天暗了,月亮从树间升起,他们继续顺着弯弯曲曲的小路走。走了大约十分钟,小路一边隐约出现了一座白房子。它在一座奇怪的花园里,里面种的只有各种各样的枫树和松树。这花园看上去阴森可怕,特别是因为周围一带几乎都是落了叶的树木。

映衬着淡淡的春天天空,一些常绿树鲜明凸现,像是黑色的剪影。那座房子的窗衬着白墙闪着黑色。到处看不到灯光。那房子像是荒废了。

一座很陡的台阶通向一个有顶的阳台。整座台阶堆着一堆堆的枞树树枝,跟冬天墓地里一座座坟墓完全一样,一看就叫人害怕。

诺拉和达格钻进花园。两根破裂的石柱之间那扇长着青苔的旧木门半开着。夏天这里长不出什么草,地上都盖满松针。整个花园看上去潮湿、黑暗、荒凉,但还是有点儿迷人。

那房子是空的,然而诺拉仍然有一种不愉快的感觉——他们被人窥视着,房子里不知哪个黑窗子后面站着个人在窥视着他们。

国际大奖小说

"走吧,达格,我们离开这里!"

她听出来自己的声音很虚弱,她说这话时上气不接下气。但是没有回答。达格在哪里?她朝花园里走了几步,来到房子前面。这时候她看到在一个黑窗子里有两盆盛开着大白花的异常艳丽的天竺葵。

它们不是得有人浇水吗?这房子不可能完全荒废掉。她还看到轻而薄的窗帘在放着天竺葵的窗子两边飘动。那些花不是塑料的——两片白色花瓣落在嫩绿的叶子上,塑料花是不脱落花瓣的。但这里没有别的生命迹象。

达格叫道:"诺拉,过来看!"

她顺着他的声音跑进花园。达格正在地上爬来爬去找着什么,那样子看上去很兴奋。

"看!你没看到吗?"

他指着他面前的花坛。"你没看到这里的脚印?还有这里的?"

"看到了,它们怎么啦?"

"它们是路德的!"

"你怎么知道?所有狗的脚印看起来不是都差不多吗?"

达格很有信心。"瞧这脚印——左边的前爪子。"

诺拉看那脚印,但不明白他要说什么。"这脚印有什么特别的?"

"你仔细看!你没看出它和其他脚印不同吗?"

诺拉看到的只是普通的脚印,但是达格还是认为这个脚印上有个像小长方形的东西,是别的脚印上没有的。他指给她看以后,她也看了出来。但那是什么意思呢?

原来路德曾经伤了左前爪,达格给它牢牢地贴上护创胶布。在这很平的泥土上,胶布的印痕显出来了,因此达格知道这脚印是路德的。毫无疑问,路德到过这里,而且还没多久,因为脚印是新鲜的。

诺拉这下放了心。她原先担心极了,因为这一次是她带它出来,而它一失踪,她马上想到它是被车撞了或者被拐走了。她一卷进这类事情,总是相信凶多吉少。

现在他们重新骑上自行车,一路绕来绕去一路叫。路德还是没有露面。

他们碰到两个住在附近的小孩儿,但是他们都说没有见到过一只逃走的狗。

这时候已经十点多了,他们不能整夜在外面。除了蹬车回家,没有别的办法了。

"我们不能没有找到路德就回家去。"诺拉难过地说。

达格想安慰她。"不要担心,它会回来的。"

他们蹬得很慢。这是一个安静的夜晚,天气晴朗而有点冷。他们离开了石子小路上了宽阔的大路,这个时候这里车辆不多了。月亮一直在天上当头照着,像个发光的气球。他们沿着银色的路一路蹬过去。

但诺拉不能不想路德。"万一它在那房子里面呢?它听见我们的声音会不会叫过——如果它没有给锁起来蒙上嘴。"

达格摇摇头,"那是荒唐。路德太机灵强壮了,它不会让自己上当受骗的。"

他们继续默默地蹬车。很快他们就到了城门前面的桥头。

忽然达格刹住车,在栏杆旁边停下,诺拉也停下了。月光泻在他们身上。

"我们还不用回家,"达格说,"那么美丽,让我们在外面再待一会儿,到桥底下看看。"他们离开他们的自行车,下桥朝桥拱底下闪亮的黑色小溪走去。

那下面是石头,很黑,相当冷。达格打开手电筒。诺拉打着哆嗦。

"这里不是有点儿阴冷吗?"

"你这样想?"

达格把手电筒放到他的下巴底下,这一来他的脸给照成了一副可怕的样子。他耸起肩,像个怪物那样走路,哇哇地叫。他不时做这样的动作来吓唬她,总是出乎意料地获得成功。她不知道怎么回事,总是被吓坏了。这一回尽管知道这不过是达格,她还是不折不扣地被吓得要命。

他伸出双臂,放松手腕,发出极其可怕的声音,这声音在桥拱下响起回声。

诺拉给吓得都瘫软了,就像是在做噩梦。她一动也不能动,但脚下忽然一滑,她这就要跌到黑色的水里去了。

达格一把抱住了她,就此停止了这个恶作剧。诺拉哭了起来。

"亲爱的,亲爱的诺拉,我很抱歉!我并不想……"

但她不停地哭。达格把她拉到桥拱下面一块石头上坐下,他在她旁边坐下来。他把他的头靠到她的头旁边,轻轻地摇她,接着他拿出一块手绢,擦干她的眼泪,小心地吻她的脑门儿。

"我本想开个玩笑……"

最后她安静下来,又是笑又是抽泣。接着他亲她的嘴唇,以前他从来没有这样做过。诺拉抽抽搭搭的,靠紧他一会儿。然后她站起身子,从达格手里拿过手绢,擦干她的脸。

达格又打开手电筒,在桥拱下和黑色的水面上照。他找到了一支粉笔,决定把他们的名字写在桥拱下。他把粉笔交给诺拉。

"你先写!"

他用手电筒的光告诉她写在什么地方,诺拉就用大写字母写上她的名字。接着达格接过粉笔,把他的名字写在她的名字底下,把日期写在他们的名字上面。

1981年4月17日

国际大奖小说

诺拉
达格

他们看着这些字想,只要没有人把它们擦掉,它们将保留很长时间。

"我们现在该回去了吧?"诺拉问道。

达格没有回答,又把手电筒的光在桥拱下乱照。光照到几码远,停在那里了。那里清清楚楚还写着什么,不过是用黑漆而不是用粉笔写的。从他们站着的地方看不出写的是什么字。

"我们过去看看!"达格说。

他拉住她的手。他们只有很窄的一条硬硬的地面可以站住。石头很滑,他们只好小心地走。达格滑了一次,但是诺拉拉住了他。

等到走得够近,达格用光照住它。

阿格妮丝·塞西莉亚

诺拉闭上眼睛又睁开,接着她再抬头看。对,是这么写的。她转向达格,但是他已经把手电筒放低,因此它的光照着水,她看不见他的脸。

过了一会儿,他回过身来,一言不发,开始往回走。诺拉跟着。一切使人感到像梦一样不真实。

达格停下来伸出一只手,但她仍旧看不到他的脸。

一路回到桥上他们都没说一句话。他们说什么好呢?名字在那里,这是简单的事实。一定有人到过桥下,写下了这个名字。是什么时候?为什么它孤零零地在那里,没有日期?

月光洒在他们身上。从上面看,水闪闪发亮。但在下面桥拱下看,它是黑的。

他们默默地骑上自行车,一路蹬着回城去。

银色的路重新一路闪过。忽然从他们后面传来气喘吁吁的声音。诺拉加快速度蹬到稍稍在前的达格旁边,和他并排。似乎他没有听到什么声音。现在声音远些了,诺拉加快了速度,达格跟上她。

他们默默地蹬了一阵,那声音又接近了——清清楚楚的喘气声,但达格像没有注意到什么的样子。

诺拉想蹬得再快些。

这时候达格使劲刹住了车,诺拉猛地摇晃了一下,差点儿撞到了他。她看见一条很长的黑影出现在他们自行车的一边。

这时候响起一声汪汪叫,那黑影向达格跳过来——路德回来了。

国际大奖小说

第十四章

路德被人送去了警察局

达格来到诺拉的房间。他正在读切斯特顿①写的一本书,书中有些话引起了他的注意。它们的主要意思是,不成为语言的思想是没有意义的思想,不成为行动的语言是没有意义的语言。

达格一看到他认为言之有理的东西,总是来读给诺拉听,但这一次她觉得这只是个借口,她看得出他的心在别处。

"你到底要说什么?"她问道。

他把一只手在眼睛前面一扫。"我不知道。"

他的口气听上去是在回避。自从那天晚上他们出去找路德以来,他们还没有彼此交谈过,即使那个时候,交谈也不是认真的。他们回家的时候已经太晚,就回到各自的房间去。那是前天晚上。打那以后,诺拉心里藏着许

---

① 切斯特顿(1874—1936),英国侦探小说作家,最著名的作品是以布朗神父为主角的侦探系列小说。

多话,倒不是她不想对达格说,而是太想了,却害怕漏掉了什么。

而他现在正站在她的面前,她不知道说什么好。她在写字台旁边坐下,指指一把椅子。

"你不用站着。坐下吧!"

但他好像没听见她的话,还是站着发呆。"我不明白这件事,诺拉。"

"你这话什么意思?"

"关于那个阿格妮丝·塞西莉亚。"

"怎么啦?"

"根据我接的那个电话,你不是要到斯德哥尔摩探听她吗?"

他看着诺拉像在等她解释,但她只是点点头。她想要听他怎么讲所发生的事,因此让他说下去。达格叹了口气。

"这件事我想了那么久,我觉得我都要发疯了,可我就是不明白,这同一个名字怎么会写在这个城桥底下的桥拱上。现在那里除了我们的名字,它是唯一的名字。你想得出这是怎么一回事吗?"

诺拉摇摇头。"不,我也想不出。事实上,这看起来怪得有点儿吓人。"

"怪也好,不怪也好,"达格耸耸肩,"不管怎样,我本来觉得那神秘的人是住在斯德哥尔摩的。你原先不也这么想吗?"

"我确实没有想过这一点。你是什么意思?"

"你总不会想过她就住在这城里吧?对吗?"

"不,我没有想过阿格妮丝·塞西莉亚会住在什么地方。还有别的问题——例如玩偶。"

"玩偶?你什么意思?它怎么啦?"

"你去老城那家店打听阿格妮丝·塞西莉亚,收到一个包裹要转交给我。包裹里面是一个玩偶。实际上,那玩偶是我们唯一要追查的东西,唯一真实而非想象的东西。事实不是这样吗?"诺拉看着达格。

他叹了口气。"我只好承认你说的符合逻辑,但这同样使人失望,特别是我甚至得不到允许看看这玩偶。"

"我知道,"诺拉说,"但这件事绝对没有办法做到,因为只有我一个人能看到这玩偶。起先,在我明白这是怎么回事以前,我也曾经怀疑过,但现在我对这一点深信不疑了。现在我更清楚了,这样做是违背规定的。"

"我明白,我也没要求你让我看。你必须自己做主。我只是想,这整件事乱七八糟的。桥底下那个签名的确让我得好好儿想一想。我是说,你没看到它是说明这个人在这里吗!在这里,就在这个城里!更重要的是,它说明她的确存在,她不只是一个玩偶,像你似乎相信的那样。"

诺拉严肃地看着他。"我不相信任何东西,达格。但也许关于这件事我比你知道得多一点儿。我只是不知道有多少我可以说出来。"

她又担心又不自在。她又想她需要信赖达格,然而她不敢。

他们两个人都叹气,静静地坐了一会儿。接着达格说:"诺拉,刚才你说,在你明白这是怎么回事以前,你也曾经怀疑过。你这话是什么意思?"

诺拉拔她一个指甲旁的皮,没有回答他的问题,只是说了一声:"该死,我有一根倒刺。"

但达格没有罢休。"你是说你的确知道这是怎么回事吗?诺拉,回答我!你事实上知道多少?"

"我什么也不知道。"诺拉摇摇头,仔细察看她的指甲,"不,我什么也不知道。你怎么会认为我知道?"

"看起来是这样。你知道我不傻。再说你就在刚才泄露了出来。"

诺拉把眼睛从她的手上抬起来,遇上了达格含有疑问的目光。有多少她敢于说出来的呢?她是那么想……

"如果你相信我关于阿格妮丝·塞西莉亚知道些什么,那么你错了。"她说,"我刚才说我明白这是怎么回事,我心里是有别的事。"

"什么别的事?"

诺拉深深吸了口气。她怎么能说得让他明白呢?没有发生什么实在奇怪的事,只是那种事她熟悉,那种事她经历过,因此她能够明白。

"当我很小,比方说,当我非常小,当妈妈和爸爸那会儿还活着的时候,我常常一个人坐在我的小房间里,听他们在别的房间的脚步声。我可以听到他们在外面走动;有时候他们来到我的房门口停下,看我是不是有事。这样,即使他们并不总有工夫来照顾我,他们也一直在这里。当他们不在家的时候,我竖起耳朵听着,直到听见他们的脚步声在下面街上响起来。我准确地知道他们回来了,在阳光中或者在星空下走着,我总是感到快活,期待着,很激动。

"后来妈妈和爸爸忽然之间走了,没有人告诉我为什么,没有人告诉我出了什么事情。但他们会回来的,每一个人都这样说。很快,妈妈和爸爸会很快回来的。因此我继续倾听,要听到他们的脚步声,日日夜夜。我能够在千万个脚步声中听出它们来,这一点我知道,不管等多久我都可以等下去。

"但妈妈和爸爸始终没有回来,他们的脚步声也永远消失了,这一下变得沮丧暗淡。外面下着细雨的时候,我听到别人来来去去的脚步声,一切都那么空虚凄凉。"

诺拉看着达格。她也不明白,所有这些已经忘记了那么多年的事情,她怎么会忽然想起来。这根本不是她这时候打算对他讲的话,他怎么可能明白这一切呢?

"这是关于被遗弃,"她说,"是个什么人,在什么时候,被遗弃在什么地方。我明白的就这么多。有人被抛弃了。"

"那又有什么办法呢?真有许多人被抛弃吗?"

达格一直都是站着的,现在他在门边一把椅子上坐下来。他看上去在思索,十分严肃。诺拉很想再说什么,但没有说,低下头继续看她的指甲。他们坐在那里各想各的。达格不能停止去想桥拱下的那个名字。

"对了!我以前没有想到这一点。"他忽然说。

"哪一点?"

"她的名字不一定是她自己写的,别人也可以到桥下面去写。"

诺拉没有说话,达格接着说下去:"好,这个人会是谁呢?"他转向诺拉,但是她没有看他,耸了耸肩。他又重新直视前方。"还有,又是为什么呢?我就是想不出来。"

"我也是。"

诺拉的口气听上去没有兴趣,她显然全神贯注在她的指甲上。但达格知道,她只是不愿意她的思想这时候受到干扰。他看了看她,深深地叹了口气。

"你不敢说出你知道的事,真是太糟了。"

"是的,"她点点头,"真不好意思。"

"不过我想,这件事真的没有什么办法了?"

"不,真不幸,没有了。"

"只要我能明白你怕什么!"

"可我没怕。那不是为了我自己。我只是不能抛弃另一个人。就这么回事。"

"但那是谁呢?你会抛弃的是什么人呢?"

她在椅子上转过身。"你就不能停止吗?你问得太多了!"

诺拉仍旧坐在写字台旁边,达格坐在门边的椅子上。春天的太阳从他们之间照进来,在整个房间洒满了阳光。她转过身来看他,无力地笑笑。她没有得罪他的意思,但她还是觉得抑郁和不自在。她怕达格这时候会走,她就没有更多的话可以说了。

　　这时候,忽然她听到外面的房间里有脚步声,那些不可思议的脚步声正向她的房门走来。接着她清楚地觉得,这里并不是只有她和达格两个人,有人正站在门口,就站在达格的椅子后面。她观察他的表情,心想他是不是也听到了声音。但他即使听到了也没表现出来,他似乎完全没有受到影响,尽管那看不见的人就站在离他不到两英尺的地方。坐在几码远的诺拉倒紧张地感觉到了他。

　　但这时候达格的脸看上去紧绷着,他细细察看着房间。窗台上的小闹钟忽然滴答滴答响起来,达格跳起身子走过地板,在窗口停下,用吃惊的眼神看着闹钟。他没有碰它,只是向前探出身子去细看钟面。他站在那里直到钟声重新停下为止。

　　接着他直视着诺拉。诺拉举起一只手示意他不要响动。她显得异常激动,一直坐着动也不动,全神贯注地对着门口那个看不见的人。这是怎么回事?以前有别人在房间里的时候,她还从来没有听见过脚步声。

　　她的心狂跳起来。达格听到什么声音没有?他注意到他们不是单独两个人了吗?不管是怎么回事,在钟声停止的时候,那来访者消失了。诺拉松了口气,但她还是觉得说话困难。

"诺拉?"达格站在那儿,拿起闹钟摇晃着。"这闹钟不是坏了吗?"

他看着闹钟感到疑惑。他旋它转它给它上发条,但没办法使它再发出声音。

诺拉告诉他,她去找过钟表匠两次了,钟表匠告诉她说机器完全坏了,需要换上新机器才能再走。

"但它刚才不是还走过吗?你听见没有?"

"听见了。正因为这个缘故我才又去找钟表匠,问怎么会有这种事。我仔细讲给他听,闹钟怎么自己走了起来,尽管说机器坏了。但是他不肯相信我的话。闹钟根本不可能走,一秒钟也走不了,这一点他绝对肯定。"

"然而它走了!"达格对她微笑,"你也告诉过他是倒着走的吗?"

诺拉看着他,松了口气。他也看到了。她本来几乎要相信自己是疯了。"噢,是的,我问他钟表是不是可能倒着走,钟表匠听了哈哈大笑。他大概以为我是跟他开玩笑,要不然就是我的头脑有毛病,因为他接下来说,他不想在我和我那破闹钟上面浪费时间。"

达格很难过。"他怎么能这样无知?一个多么愚蠢的钟表匠。"

"不,我断定他对他的工作很在行。"

"好吧好吧,不过他依然可能是无知,或者至少是知之有限。我完全可以证实表针在后退,这一点毫无疑问。当闹钟开始走的时候是十二点零七分,它停下来的时间是十二点零五分。它后退了两分钟。"

达格把闹钟重新放回窗台上,走到诺拉面前。"我感到奇怪,做技术工作的人理应比别人对生活中所有想不到的可能性更加开放,然而他们往往并不如此。事实上正好相反。

"钟表匠具有钟表机械的知识,实在不应该对表针是不是能倒退的问题漠不关心,而应该是强烈地吸引他才对。这是一个挑战,一个新的视角。不用说,时间并不只向着一个方向前进,它一定就像一个有成千道暗流的大海,既能够前进又能够后退和向旁边去。

"一个从事时间工作、从事测量空间这一使人头晕目眩的工作的人,当他听说有一个钟表似乎真正和时间的秘密流动直接相关时,他实在不应该站在一旁冷笑!一个活的钟表并不只是机械地总向着一个方向滴答滴答走,那钟表匠对这一点知识贫乏。那家伙实在应该有一个稍微宽阔的观点。这就是我的想法。"

但是诺拉不太在乎那钟表匠和他的观点,她要讲些别的事情。达格已经不打算把这话题谈下去了,让它糊里糊涂地结束吧,但她必须弄清他对刚才发生的事、对于那看不见的来访者知道多少。

因此她紧紧盯住他,直截了当地问:"达格,回答我,你也听到脚步声了吧?"

"什么脚步声?"

"你没听到吗?就是刚才这里的脚步声。"

"没有啊。"不过达格看上去十分怀疑,诺拉一下子后悔说了这话,特别是正好讲到过她父母的脚步声,这会让他误以为她又在对那些脚步声着迷,使他感到她有点儿古怪。

但这些脚步声完全不同,它们属于一个不认识的、没有露出过他或她的真面目的人。他或她表示其存在的方式只是让她听到脚步声。为什么只有她一个人能听到呢?为什么达格不能听到?她不明白。

如果说只让她一个人感到他或她的存在,那么,走路的人不管是谁,当达格在房间的时候都应该避开。就算达格什么也听不见,但能保证诺拉控制得住自己吗?特别是在闹钟滴答响着后退、达格也注意到了以后。她相信达格也听到了脚步声,这又有什么可奇怪的呢?

对这些事情应该负责的人,就只好容忍她再也不能独自保守这些秘密了。她打算现在就跟达格说出来,不过不是在这里。他们会感觉到有人一直在窥视着和偷听着。

于是她请达格一起去散步。

"我很高兴。"达格说,"不过首先我要说,对你刚才那个问题,我的回答是我完全没有听到任何脚步声。不过就在闹钟开始响之前,我确实感到有一种无法形容的气氛。我有一种奇怪的感觉,我们是被窥视着,我们不是单独的两个人。"

诺拉急忙站起来。一点儿不错。太对了。她有许多事情要告诉他。"来吧,趁我没改变主意之前,我要马上做这件事。"

他们带着路德,急忙到外面去。

他们和通常一样要走过过桥的那条路,路德和他们一起跑。他们走得很快,同时诺拉上气不接下气地给他讲——她有时候听到在她房间外面那两个房间里有奇怪的脚步声在走动。它们在她的房门口忽然停下,那是为了不让她看见,却显然是在等待什么,而她自己不得不同样被迫等待着。

"你什么意思?你等什么呢?"

"这正是我所不十分明白的。这个嘛,我主要好像等着这一切过去,等着对方消失。只是我一丁点儿也不知道对方——那看不见的人,想向我要什么,或者要我做什么。"

"你不害怕吗?"

"不,没什么可害怕的。没有人想加害于我,这一点我可以感觉出来。唯一让我不痛快的是,我一点儿也想不出这到底是怎么回事。只要我茫然不解,我就得不到安宁。对方就是要回来,一次又一次地回来。"

达格钦佩地看着她。"你真坚强,诺拉。这很好。要是换了别人,早就垮了。但你早先为什么一点儿都不告诉我呢?""我想我该守口如瓶。迟早我会想出一个解释

的。"

"你还是应该告诉我。"

但诺拉固执地摇摇头。"这可能是秘密。如果这看不见的人选定了要和你接触,你会注意到的。但到现在为止你一直被置身事外,这就是我把这件事藏在自己心中的缘故。"

"那么闹钟又是怎么回事?它不是当我在场的时候忽然走起来了吗?"

诺拉点点头。"对,它走起来了,我现在说的正是这件事。正因为这个缘故,现在我可以把这件事情告诉你了。我把闹钟作为一个信号。既然闹钟和脚步声无疑地连在了一起,那就是在明白地暗示我现在可以把事情告诉你了。"

"在没有脚步声的时候,闹钟有没有一下子走起来呢?"达格问道。

"没有。它们总在同时发生。"

"这件事有多久了?"

"大致上从我们动手收拾房子的时候开始。"

"那么久了?这么长时间你一句话也不说,真显出了你的坚强。不过事到如今,一切显然到了该想想办法的时候了。"达格默默地走了一阵,同时在想心事,"我们是不是试试看,查出在我们搬进来之前,谁住过我们那套公寓?这有什么难呢?"

诺拉想起了花瓶里的那些纸条,花瓶又用那么奇怪的方式跌碎。她把纸条的事也告诉了他,她是怎样把它们拼起来放在纸夹里,以便对写的东西有个全面了解,等等。"说实话,我几乎有一个感觉,发生的所有这些事情就是为了让我找到这些纸条。"

"一点儿不错。我断定是这样。"达格说。

"也许从中找不到多少东西来做判断,但这些纸条说不定还是可以提供几条线索。举例来说,其中有几个名字。"诺拉说。

达格变得来劲儿了。"听上去不坏。我一会儿回家就把它们看一遍。"

"不,我觉得把纸条给你看不大好。"诺拉把这看得如同背叛了什么人一样严重。只有她一个人可以知道它们要说什么。如果她随便对待它们,写条子和藏匿它们的人肯定会伤心的。不,她不能这样做。

"不过我可以把那些名字告诉你。比方说,其中有一个是阿格妮丝……"

达格的眼睛瞪大了。"这不会和阿格妮丝·塞西莉亚有关系吧?"

这一点诺拉很难相信。"不过……"

"不过什么?"

"玩偶的名字是塞西莉亚。"

"你怎么知道的?"

诺拉告诉他玩偶脖子上那小银盒的事,小银盒里画像和小辫子的事,这一切都说明玩偶是按照一个叫塞西莉亚的真女孩的样子塑造的。

画像后面写着:**塞西莉亚,十六岁**。它是1923年画的。这样看来,塞西莉亚一定生在1906年。

"那是很久以前了。"

"对,很久很久以前。"

达格用热切的眼睛看着诺拉。"现在我想,我知道她是谁了!不错,天啊!我越想越……"

"到底是谁?"

"你猜不出来吗?"

诺拉怀疑地看着他,"告诉我!"

"打电话的老太太啊!叫你去拿玩偶的老太太啊!她生在1906年没问题。记得我说过她的声音很老了吗?"

但诺拉只是摇摇头。那想法也曾掠过她的心头,但事情不会这么简单。如果是这样,一切就是一个精心策划的把戏。她感觉到现在这件事和严肃的事情有关,不是孩子玩的捉迷藏。

"再说玩偶的名字是塞西莉亚,不是阿格妮丝·塞西莉亚。"

诺拉没有相信过玩偶和那位老太太是同一个人,如果是同一个人,她为什么要把这当作秘密呢?

达格不说话,但他只好同意这不可能是把戏,他也没有这个意思。"我断定,一定要你得到玩偶这件事绝不是突发奇想和偶然的,要你打破花瓶找到那些纸条是这样,还有闹钟和脚步声这些现象出现在你的房间里也是

这样。"

"你得明白,在这个世界上最不可能把所有这些事情看作开玩笑的就是我,认认真真对待这类事情的也必然是我。我想你应该知道这一点。"他看上去挺伤心。

"这一点我确实很明白,达格。"诺拉说,"我只是不知道该怎么办。"

她停了口,绝望地看着达格。

他握住她的手。"让我们现在转身回家吧。第一步是查出原先什么人住在这房子里。"

但是要路德转身回家可不那么容易。它硬是拉着皮带不肯回家,又是汪汪叫又是把耳朵往后伸,硬是挣扎了半天,但最后还是不得不跟着他们走。

到家的时候,达格没有注意到诺拉落后了一点儿。他进了屋,上楼的时候松开了路德的皮带。这时候诺拉开门进屋,看到路德向她直冲过来,她马上知道发生了什么事情,但还没等她有所行动,路德已经从她身边蹿了过去,诺拉没来得及拦住它。路德向外直冲,轻快得像只鼬鼠。

它一出门口,就向回来时的原路发疯似的狂奔,要追上它简直不可能。

达格不担心但很烦,特别是想到路德一旦不见了安德斯总是那么难过。安德斯亲自管它,认为路德不再信任他了。连一只狗都管不好,安德斯会说,那他算个什么老师?他老是这样。别说安德斯难过,他周围的人也苦

神秘的公寓

恼。

有件什么事情的确在打扰着路德。它以前从来不这样。它到底怎么啦?

"我们该带它去看动物心理医生。"卡琳说,"我觉得自从我们搬到这里来,它就受到了打扰,这里一定有什么东西使它不高兴。也许这套公寓太大了,或许跟换了个地方有关系。我想动物心理医生会帮助我们查出来。"

但是安德斯不同意。"狗天生是忠诚的。"安德斯说。这是他的一句口头禅,"它们不会无缘无故变得任性,原因在于人,在这件事情上或者在于我。"

卡琳叹了口气。"你得出那些结论,是因为你不相信你自己。你那样想是不会有结果的,安德斯。"

"有结果,那就是它使我反省:一个不信任自己的人永远不能指望动物信任他。那是千真万确的。你说得对,我不再相信我自己了。每一次路德跑掉,就提醒我这一点。"

卡琳打了个哈欠,看上去她很疲倦。"它总会回来的。你就不能停止这样一再地自寻烦恼吗?我们得去睡了。"

凌晨两点警察局来了电话。路德在那里大吵大闹,他们希望摆脱掉它,越快越好。安德斯去带它回家。

卡琳重新上床,但达格和诺拉趁等安德斯他们回来前在厨房里做热巧克力。他们想看看路德在如警察局所说的大吵大闹以后会是什么样子。

"我很难想象出来,"诺拉说,"它是一只脾气那么好的狗。"

达格哈哈大笑。"我们搬家以后,路德的性格可能变了。为什么不会呢?如果人会,为什么狗就不会?"

"如果是这样,我们就真该像卡琳说的,带它去看看动物心理医生!"

"也许带爸爸去看心理医生更好。"

就在这时候,安德斯回来了。路德和平时一样听话。看着它,你永远不会猜到它会把整个警察局闹翻天,因为它看上去就像一只昨天才生下来的小狗那样天真无邪。

达格很高兴。"真够怪的!这一次它连一点儿难为情的感觉也没有。他们在什么地方找到它的?"

他们没有找到路德。它是半夜时分被人送到警察局去的。当时它很安静。他们原先打算把它留在那里过夜,免得打搅任何人。但一到那里它就开始闹了,接着越闹越凶,最后他们被弄得精疲力竭,只好给他们打电话了。

路德曾经大发脾气,暴跳如雷,警察甚至没有办法靠近它。但等到一看见安德斯,它马上安静下来,接着就什么问题也没有了。

"你还说它不信任你。"诺拉说。

她用责怪的眼神看着安德斯,安德斯显得很满足。"对,我想这是真的。"安德斯说,"尽管这样那样,我的确和路德关系很好。"

"谁把它送去的?"达格问道。

"我不知道。"安德斯说。

"你没问吗?"

"问了,但不清楚。我只知道是一个姑娘。"安德斯含糊地说。

"你不该多问问吗?"达格摇摇头。安德斯甚至不知道这姑娘在哪里捡到了路德。安德斯真是坏事,因为知道路德曾经在哪里是很重要的。除了这个办法,他们还能再找出来是什么使路德这样突然逃走的吗?

第十五章

拜访纸条上的胡尔达

那么,第一步是找出过去住在这套公寓里的人。纸条帮不上多大的忙。房子很旧了,一定有许多不同的人曾经住在里面。

"我们只要查一下1932年9月份那个时间就够了。"达格说。

根据他们找到的那本时间最近的杂志,那一定是壁橱被钉死的日期。

"其他东西一定也是那同一时候的。我们至少知道那么多。"

达格很乐观,只是有点儿太心急了,关于该怎么进行,他有不少主意。但诺拉有她自己的计划。她求他暂时把一切都交给她去做。这对他来说是不容易的。他感到有点儿受委屈,但又只好答应。说到底,如她所说,她是第一个"被选中"的——这就是必须听任她跟着她的冲动走的缘故。达格起先想不明白这道理。

"可我是想出主意的人。"他试图说。

"什么使得你认为你是唯一想出主意的人呢?你知道,我有一个线索,我想追下去。"

"这线索是从哪里来的?"

"这是盘问吗?"

"不,只是出于好奇心。"

"那么你就只好先忍一忍了。是你说过,我们应该利用生活中所有想不到的可能性。那正是我打算做的。你只好冷一冷了。"

"好吧,不过你答应随时告诉我。"

"不,我什么也不能答应。在这件事情上我不是一个人,其他人也介入了,只是他们不能维护他们自己的利益,我必须一直考虑到他们。我不知道他们是谁,但我感到我对他们负有责任。我们务必不要忘记,这其实不关我的事。我只是一种——我该怎么说呢?——一种受托人,或者说是工具。我仍旧不知道我的作用,但我永远不泄露任何人的秘密。这一点你应该知道。"

达格忽然严肃起来。"好吧,我不再劝诫你,也不再表示我的好奇心了。不过你一旦需要我,我随时在这里,这一点你务必要知道。安静地尽你的责任去吧。祝你好运!"

达格走了。他再也没有受委屈的样子。既然这符合他的观点,他只能为此尊重诺拉。一个人必须像忠于活人的秘密一样忠于死者的秘密,特别是死去的人再也不能够像活着的人那样能够——或者自以为能够——影响他的命运。

这就是达格让诺拉照自己的意思去做的缘故。

但她并不像看上去的那样有把握。就在这时,她还不知道她那微小的线索会不会只是一根稻草,因为这个计划要完全依靠别人的帮助:莱娜得安排她尽早见到她外婆的母亲。

但这办不到了。

"噢,诺拉,我早知道就好了!我们上星期去过那里!"

"你们什么时候再去?"

"可能过一个月。我会事先告诉你的。"

等一个月太长了。诺拉问莱娜要英加外婆的电话号码。莱娜当然感到奇怪了,问是不是有什么特别的事。诺拉说他们在公寓里找到了各种各样的旧东西,认为他们无权保存它们,他们想和原主接触一下。

莱娜把电话号码告诉了她。"打电话给我外婆吧,也许她比我们先去那里,问问她没有坏处。"她说。

诺拉打电话给英加外婆,把她告诉过莱娜的关于他们找到旧东西的事告诉她。

"对,我母亲肯定能告诉你它们是什么人的。她有出色的记性。可惜我要出城,不能带你去那里。不过,你不能自己去吗?她会很高兴的。你可以坐公共汽车去。找到她不难。"

诺拉得到了地址,第二天她就上斯科加达尔养老院去了。一路上风景很美丽,天气也很好。

在公共汽车上,两位和蔼的老太太坐在车的两头相互大叫。她们嗓门儿尖，有许多话要说，却一点儿没想到她们可以并排坐，省得大喊大叫，要不然就是她们不想并排坐。也许她们在公共汽车上有规定的座位，就像过去人们在教堂里那样。

斯科加达尔离城二十二英里，但诺拉在该到的前一站下了车，这样可以步行最后一段路。她需要集中思想。在车上有那两位老太太在她头顶上一直大喊大叫，想集中思考是没办法做到的。

她首先看到的是一个山坡，它像秋天的天空布满繁星一样布满了五叶银莲花，真叫人忍不住想采。诺拉并不是那种认为在户外可以随意采花的人，但她觉得给英加外婆的高龄母亲采一束鲜花是可以的。

结果采了很大一束花。五叶银莲花凋谢得快，因此她径直到养老院去。她要去找佩尔松太太。

她到那里的时候正好是喝咖啡时间，因此她时间选择得好极了。养老院院长接待了她，说她为"小胡尔达"感到太高兴了。

小胡尔达就是佩尔松太太，照院长的话说，她是养老院里最快活最充满活力的人。对于这样一个地方，她的确太充满活力了。养老院在接纳她的问题上曾经犹豫过，然而从另一方面说，他们正好需要一个像胡尔达那样的人，她能够激励其他老人。于是他们找出胡尔达身体上的几个毛病，后来又证明她的视力不好，臂力也很弱，这才为接纳她找到了充分的理由。对这件事他们从来没有后悔过。尽管胡尔达是全所岁数最大的,可她能给大家带来快乐。虽然九十六岁了,但她是最快活的。

胡尔达·佩尔松?

诺拉的心颤动起来,万一她就是名字不断在花瓶里的纸条上出现的那个胡尔达呢?她不可能遇到这样叫人高兴的巧合。

院长陪诺拉来到玻璃阳台,小胡尔达正坐在那里织东西。隔壁餐室马上就要上咖啡了。一路上诺拉拿到一个花瓶插那束鲜花。这束五叶银莲花看起来像一个圆花球,真可爱。

胡尔达·佩尔松坐在窗旁的太阳光里。她很瘦小,轻得像只小鸟;她的白发在头顶上束成一个小髻,肩上披着一条雅致的白披巾;她的眼睛机灵,脸颊有小红晕。她全身显出充满精力和生活乐趣的样子,根本想象不出她已经近一百岁了。她自己也那么想。院长说,她从来不打算利用她的高龄得到优待,实际上她总是忘掉她的岁数。

她一看见诺拉,马上就知道她是谁。"你是莱娜的小朋友。欢迎欢迎。"

她接过五叶银莲花,用闪亮的眼睛看了它们好一阵,接着小心地把花瓶放在桌子上。"谢谢你,我亲爱的,你想得多周到。"她看诺拉和看花一样长久,然后笑了笑说:"这么说,你就是住在我老家的人了!"

于是她们一下子就谈到了点子上。

诺拉一点儿不用担心怎么开头。胡尔达不浪费时间,直截了当就说了起来。她知道诺拉要问什么。

首先,她不要进餐室去和其他人一起喝咖啡。"我们得安静,你和我。"她说,"我们有重要的事情要谈。如果我们坐到里面去,那些老太太会全都过来围住我们的。其中有些人太糊涂了,从她们那里你听不到一句有头脑的话。"

诺拉笑了。那些糊涂的老太太当中,有些比胡尔达还年轻二十岁呢。

"让我们坐在这阳台上吧。"胡尔达说下去,"她们不上这儿来,你知道,因为她们认为所有的窗子都有风进来。那就是我为什么坐在这里的缘故。想独自坐会儿的话,只有这个地方可以坐。一个人有时候还是要独自待会儿的。"

诺拉帮胡尔达拿来咖啡,在阳台上给她们摆好了桌子。老人们好奇地看着她们,胡尔达显然因为有人来探望她而感到自豪。她端了一大盘小圆面包和糕点到外面阳台上来。

"现在好了!我们可以安静一会儿。现在我们在这儿可以过得快快活活的。"

胡尔达遵守她的诺言。这一天天气很好。喝过咖啡以后,她们在春天的阳光中散了一会儿步,然后诺拉还被留下吃晚饭。在所有的时间里,胡尔达一直告诉她那幢房子和曾经住在房子里的人和事。诺拉用不着开口问,胡尔达总是能够知道她想知道什么。

胡尔达不是那种不管对象只管自说自话的人,她用倾听的方式讲事情,好像她一直在猜测诺拉在想什么和想知道什么。这不仅仅是一连串的问答,而是她们之间一次真正的交谈,她们双方都很感兴趣的交谈。

有时候诺拉会突然想起莱娜。尽管莱娜和她的外曾祖母相差八十岁,但有一些明显相似的地方,看着真叫人奇怪。一转眼间,莱娜的脸和眼睛会突然出现在胡尔达的脸和眼睛上,因此诺拉得出一个想法:胡尔达年轻的时候可能是什么样子,同时莱娜很老很老了以后又会是什么样子。这太明显了,使她眼睛都有点儿花了。

当诺拉看着胡尔达的时候,她明白自己为什么那样喜欢莱娜了。莱娜所有最好的品质在胡尔达身上都被冲刷得同金子一样闪亮。莱娜未经琢磨,确实还不能像胡尔达这样敏感地、留神倾听地交谈,不过胡尔达过去或者也不是一直能做到这样的吧?遇到胡尔达以后,诺拉可以看到莱娜身上了不起的发展前途。她们这两个人是从同一块布料上裁剪出来的,出自相同的种子,具有同样的火热精力。

诺拉很高兴她有莱娜这样的朋友。她应该爱她。

"你在想什么啊?"胡尔达问她。

"莱娜。"

"我很高兴莱娜有你这个朋友。"

是的,胡尔达·佩尔松是一个不寻常的人。

英加外婆说得不错,胡尔达有不同寻常的记性——

她记得的东西真不少。她开始讲她自己。

原来她正是纸条上的胡尔达。她不但结婚和生下她的孩子时住在朝院子的那座房子里,而且她本人就生在这院子外面的一座红色小农舍里——它存在于那房子建造之前。朝街的那座房子起先是没有的。那儿像乡下的农场,有一块块种着土豆和蔬菜的田地,还有矮树丛和苹果树。她简直没有注意到它是在城区之内。

但是那小农舍被烧毁了。有一天她和母亲到小河边去洗完破地毯回家时,农舍正在燃烧。她们一直没弄明白它是怎么着的火。当时胡尔达十一岁。

造新房子的时候,他们住到城外亲戚家里。就在那时候,那两座房子,一座朝街——就是诺拉现在住的———一座朝院子,造起来了。

等到房子造好了,胡尔达和她的父母搬了回来。他们搬进去的房子是石头造的。样样都变了,她连周围的路也认不出来了。这时候她才清楚,他们是住在城里,特别是有了那座朝街的高大房子,它有尖塔,有石楼梯,有高高的窗子。

他们觉得他们那座新房子够大够出色的。跟原来的红色小农舍比起来,它当然很气派,但不能和朝街的那座房子比。在胡尔达的眼里,它是一座真正的宫殿。作为一个孩子,她敬畏每一个住进去的人。当她长大后到那里去打扫那些公寓时,她觉得她有了一个非常好的差使。

胡尔达搬进朝院子那座房子是在1898年。她父亲当

国际大奖小说

上了两座房子的看门人,因此他一直住到十二年后去世为止。这时候来了新的看门人,他看来更有教养一点儿,被称为"孔谢日"①。尽管胡尔达的父亲已经死了,但人们还是让她和她的母亲住了下去。

"孔谢日"追求胡尔达。他比她大得多,但很英俊。相识几年之后,他们在1916年结婚,"孔谢日"搬进了他们的公寓。胡尔达的母亲起先跟他们住在一起,但关系不太好,她从来就没有喜欢过"孔谢日",不久就搬出去了,重新住到城外亲戚那里。这样做也许还是最好的。

不幸的是,英俊的"孔谢日"没有活上多久,他们结婚仅仅四年的工夫他就去世了。在胡尔达守寡之前总算有了他们的小女儿。这是1920年。胡尔达对于日期记得清清楚楚。

她丈夫的去世对她是个沉重的打击,但是她挺过来了。她被允许继续住在公寓里,靠给邻居帮忙维持自己的生活。事情很顺当,每一个人都那么好。从许多方面来说,这是胡尔达最快活的日子——这时她和她的小英加两个人单独过,自己养活自己。

但后来四十岁的时候她又结婚了。

她想,有个好好儿的家,有父母,这对小英加会有好处,她已经快到该上学的年龄了。她的丈夫是个鳏夫,有两个孩子,一女一男,和英加差不多大。看来是能够过得好的。

---

① "孔谢日"源出法语,其实也就是看门人。

神秘的公寓

孩子们很好很听话,她的丈夫也确实没有什么不对头的地方,只是太迷恋钱财。他修理自行车很在行,老在摆弄它们。没有什么别的东西使他更感兴趣了,尽管他自己一辆自行车也不会蹬!胡尔达微微笑笑。

"我不由得给这吸引住了。从某些方面说来,只有一个没有缺点的人才会这样。我会蹬自行车,但是我对它们不感兴趣。这多少是我们两人之间的区别,你明白我的意思吗?"

诺拉完全明白。胡尔达的思想很容易跟上时代,她用比许多年轻人更新更年轻的方式思考问题。现在她忽然面露困色,摇摇头,叹了口气。

她最大的错误是让自己听劝搬出了朝院子那房子的小公寓,那院子里有着阿斯特拉罕苹果树和那么多寒鸦。她的丈夫——他的名字叫埃德温——得到一个机会可以买一座房子,他的自行车店也就可以开在一起。家和店在同一座房子里,这样好的事是没有办法抗拒的。胡尔达无法阻止这件事。

于是他们从那糊着带花蓝色墙纸和有金色壁炉的公寓搬到了一座小而难看的长方形新房子里,住在一整层四个临街的小而难看的长方形房间里。

"房间通常都是长方形的。"诺拉大笑,"房子也是。"

胡尔达用充满笑意的眼睛看着她。"它们当然是这样,但并不是常常被注意到的。在这里被注意到了,是因为它是一种你做梦也忘不了的真正长方形。你明白我的

意思吗?"

胡尔达渴望回到那朝院子的房子,尽管他们在那里只有两个房间。她至少希望继续帮邻居的忙,但是她的丈夫就是不同意。他觉得他们既然有了自己的房子,她这样做就不再合适了。她应该做一个好妻子,在他的店里帮帮忙。胡尔达叹了口气。

"分拣螺帽,擦干净自行车,沾上一身的润滑油。跟一个不会蹬自行车的人一起干这些!而我曾有过那么好的工作!不过我像当时的许多人那样顺从了,因为生活还要继续下去,没有别的办法。"胡尔达沉默下来。接着她喜气洋洋地微笑着看诺拉。

"好,我就说那么多。我想,在我开始讲其他人——我们这就来讲——之前,让你先知道一点儿我的事情可能有好处。你得知道讲故事的人,不然你不能评价我说的话。你明白我的意思吗?"

诺拉微笑。"我明白你的意思。"

胡尔达匆匆看了她一眼。"那句话我说了很多次,对不对?"

"是——的,你说了很多次。"

"噢,那好!你知道我为什么说那句话吗?"

"不——"诺拉摇摇头,于是胡尔达推心置腹地解释,她用那句话只在她真正感到被充分理解的时候,但这种情况并不常常碰到,她实在不是事事都被理解。她看着诺拉。

"你也认为被人理解是很难的吗?"

"有时候……嗯,也许常常。"

"对了,对多数人来说就是这样。不过我们还是必须尝试解决这个问题。这还是做得到的,如果你至少认为能理解你自己。要不是这样,那你就麻烦了。"

胡尔达对她的推论快活地哈哈大笑。毫无疑问,她理解她自己。

"现在好了,让我们丢开这个不谈,来谈谈你到这里来事实上要谈的事吧——你房子里原来那些人。"

诺拉差不多已经忘记了她的使命。"不过听你谈你自己和你的生活太有趣了。"

胡尔达睁大眼睛看着她,摇摇头。"不,我的朋友。如果我认真谈我自己的事,那就没完了。现在你必须弄明白你想知道什么!"

胡尔达站起来。是散步的时间了……

外面吹着阵阵清风。诺拉怕风大,想在避风的地方散步。但是胡尔达不喜欢这样。她要一直走到风里头去,不管那里风大还是风小。她穿着的宽大衣在她的腿间拍打着,她的头巾在她的头上飘动。她那么瘦小,看上去风会把她吹走。但她一路走去,又倔强又精神,她甚至不让诺拉挽住她的胳臂。但过了一会儿,胡尔达把她的一只胳臂塞到了诺拉的胳臂底下。

"不是为了怕风,而是这样感觉到十分亲密。"

她们走了几步,于是她又一次开始讲她的故事。

第十六章

胡尔达讲述的秘密

胡尔达嫁给她的自行车修理师傅并搬出面朝院子的那座房子是在1925年。从她1885年在同一地方出生算起,她在那里总共生活了四十年。

1898年两座新房子建成。胡尔达可以扳着她的五个指头把那座房子从1898年到1925年的历史讲出来。她清楚地知道什么人曾经住在那里,住哪套公寓,住了多久,住在那里时发生过什么事情。她还相当清楚不同人家的命运和遭遇,包括他们住进这房子之前甚至搬走之后。她设法和他们保持联系,是为了碰到特别的日子好送花去问候他们。

"谁住在我的那套公寓?"诺拉问道。

"第一个搬进去的是位老上校。他和他的太太、一个小儿子、两个十几岁的女儿在那里住了七年。然后他们自己造了房子,搬走了。然后住进一位医生。他搬进来的时候单身,过了几年娶了一位钢琴教师,生了两个孩子,都是男孩。钢琴教师给私人上课,她的一个男孩学小提琴。他们住在那里的时候，总可以听到那套公寓传出音乐声。"

"他们在那里住了多久？"

胡尔达用劲地回想，数她的指头。"他们后来搬到了卡尔马，那位医生在那里当上了主任医生。但那是我离开那里很久以后的事了，我住在那里的时候他们一直住在那里。"

那就奇怪了。诺拉想起那些纸条，最后一张的日期是1920年，那一定是那位医生还住在那里的时候。那花瓶一定是他家的，还有大多数其他东西。那家人有两个男孩——那些纸条会是一个男孩写的吗？她本以为是个女孩。但当然，这可能是她的偏见，英加外婆告诉过她，说她见过那个女孩在公寓里跳舞，她的偏见更加深了。她把那姑娘的事讲给胡尔达听，问道："她会是位客人吗？"

"噢不，完全不是。那姑娘住在隔壁公寓。医生一家有套大公寓，就是上校住过的。它旁边还有一套三个房间的公寓。一个跳舞的姑娘在那里住了一阵子。不过你不是住在那套大公寓里吗？"

诺拉用奇怪的目光看着胡尔达。"你这是什么意思？那里不就是一套公寓吗？我们有八个房间，占了一层，没有什么三个房间的公寓在隔壁。"

"噢不，那就对了。"现在胡尔达想起来了，"我听说他们在30年代初把一些墙打通了，让整层楼成为一套公寓。那是在我走了以后，所以我搞糊涂了。

"噢，对，后来搬来了一位发神经的律师，他要在公寓里有一个办公室。他把房子翻新，做了很大的改动，使它合他的意。就是这么回事。但是我搬走以后没有去过那里，这些都只是我听来的。"

"那么，也一定是他用墙纸糊掉了所有的旧壁橱了。"诺拉告诉她安德斯修理时他们所找到的那些东西。

胡尔达点点头。"对，准是他。他干得像个疯子。如果办得到，他会把整座房子从地下室到屋顶重新造过。他总是觉得不够。但等到一切弄好，他还不顺心，又搬走了。他就是那种不搬家不翻修就活不下去的人。"

"他也一定是干得很匆忙的。"诺拉说，"他封闭那些壁橱的时候，也不查看一下里面是不是已经清空了。我们打开它们的时候，里面有许多东西。"

胡尔达哈哈大笑。"对，肯定像有根鞭子在后面赶着他！他老是有那么多事情要赶着做，一定没工夫一个个壁橱看过，他在城里总是忙得不可开交。"

"但在律师之前住在那里的人，为什么留下那么多东西呢？其中有些很好的东西。"

"也许当时人们并不觉得它们那么好。"

"但他们从来不打扫吗？"

胡尔达看着诺拉，已经准备笑起来。"噢，是的是的，他们一直不停地打扫。这件事情我记得很清楚，因为我自己也在那里打扫。不过我可以告诉你，我们对那些很深的壁橱并不卖力,大都随它们去。把它们好好儿弄干净可不容易。顶多有时打扫一下,但不经常。塞在里面的不是破东西就是没什么用处的东西。人们不是真想扔掉它们,却很高兴趁搬家的时候把它们忘在那里。

"我从来没有想到过那些东西还值得去想,因为人们总是把破烂留下。而后来时间过去,有一天这些破烂成了古董,又放在人们的前厅展览。"胡尔达格格笑,"到了我这个年纪,那种事情看多了,忍不住觉得有点儿荒唐。"

诺拉严肃地看着胡尔达。"不过,我不敢断定我能同意你的话。在一定程度上你是对的,但不能说样样东西都这样。"

她们散步回来,重新坐在阳台上。由于呼吸了新鲜空气,胡尔达的脸颊红润,头发有点儿乱。

"例外是有的。"诺拉思索着加了一句。

胡尔达把身子向前探过来,很感兴趣地看着她。"你说得对。你在想着某一件事情吗?"

"是的。"

"我可以听听吗?"

诺拉连忙点点头。"不过这件事很难解释。"她在想,"对,好像有些东西不是仅仅偶然留下来的。好像有几样东西是存心忘在那里,或多或少是存心的。这听上去可能有点儿奇怪,但我是这么想的。即使大部分是我的想象,但至少有一件事像是向后人问好——几乎是给特定的某一个人的信息。"

"那会是谁呢?"

诺拉垂下了眼睛。她刚才讲的话乍听上去很冒昧。胡尔达用发亮的大眼睛看着她。

"你是说你自己有那种感觉?"

"也许……"

"那信息是给你的吗?"

"我想是的。"

她们两人都沉默下来。胡尔达伸出一只手,握住了诺拉的手。她们握着手坐了一会儿,接着胡尔达悄悄地说:"你不知道那会是什么人吗?"

"我想我该想办法找出来。"

胡尔达捏了捏她的手。"这不就是你来的缘故吗?"

"是的。"

诺拉可以感觉到自己紧张得浑身冰凉。她哆嗦了一下,胡尔达一面想着一面摩擦她的手让它暖和起来。虽然她很老了,她的小手却非常有力。诺拉感觉到渐渐重新暖和起来,但她还是很激动。她触犯了一些禁忌的东西,感觉就是这样,好像她没有得到允许去谈论她所遇到的事。然而她断定胡尔达正是可以谈这些事的人。现在胡尔达像是陷入沉思之中,她有点儿蜷缩地坐在那里,睁大眼睛望着窗外,望着上空飘过的云。

忽然她伸直了身体转向诺拉。"我这么老了,没有东西再会使我惊讶。我的心肠相当硬了。"

她重新渐渐安静下来,凝视的眼光又回到窗外。诺拉不明白她想说什么,也没有问。她不想惊动胡尔达的沉思。有好一会儿她几乎相信胡尔达已经忘记了她正坐在那里,但胡尔达并没有。她忽然重又看着诺拉,直截了当地说:"如果你把你碰到的事讲给我听——如果你肯告诉我的话,——这会是个好主意。也许这能使我顺着正确的思路去想。你明白我的意思吗?在我告诉你更多关于那房子里的人以前。"

首先诺拉必须断定没有人会来打扰她们。她关上通向餐室的门。晚饭前还有一些时间,她们可以安静地谈一会儿。

诺拉把她的椅子拉到胡尔达的椅子旁边。她在发抖,感觉到双手又在开始变冷。她把它们向胡尔达伸过去,胡尔达马上用自己的手握住它们,把它们放到温暖的披巾底下。诺拉深深吸了一口气。

"我悄悄说话你听得见吗?"

胡尔达向她靠过去。"你就悄悄地说吧。我的耳朵没毛病。"

诺拉告诉她装着纸条的花瓶、在她房间外面走动的脚步声、自己会滴答滴答响起来的闹钟。她告诉她这些东西很随意,怎么想就怎么讲。这不成问题,因为胡尔达是那么难以置信地容易交谈的人。诺拉说得越多,所有的事情似乎越不奇怪。胡尔达听得那么专注,有许多本以为不能理解的事情,在讲的过程中几乎都解释清楚了。在整段时间中,胡尔达始终没有开过口。

等到诺拉沉默下来,她好像完全自然地说:"对,显然有人想和你接触。你当然必须找出这个人是谁。"

她这话听上去是如此简单,诺拉不由得紧紧盯住她看。

"你的样子为什么这样吃惊啊,诺拉?"

"我不知道。"诺拉觉得被问住了,"当你说到它的时候,一切听上去那么显而易见——毫无难处。"

胡尔达的样子很果断。"不,事实上并非毫无难处。但听我说,这事你觉得难,那想和你接触的人一定觉得要难得多。今天的人变得这样迟钝和不敏感,这种接触几乎是不可能的。"就这一次,胡尔达的话听上去很生气,"文明已经走得太远了,"她说,"所有这些发明没有一个普通人能够理解。人们得到他们所有的机器却只是离开了自然。"

诺拉微笑。"你的话听上去就像达格说的,不过他对这个有完全不同的理论,几乎正好相反。他一直在思考这些事情。"

胡尔达马上感到了兴趣。"他的理论是什么?"

"达格相信,当所有那些发明和机器,当技术本身变得越来越复杂时,理解生命和自然中更大的问题甚至变得更加需要了。因此技术并不是真正坏的东西。我们的头脑接受生命的奥秘事物比接受技术的奥秘有时候要容易得多。我们会宁可败于自然而不败于我们自己头脑的产物,技术——技术只是低级的奇迹。说起来,生命和自然属于更高级的奇迹,我们全都尊重它们和需要维护它们。"

诺拉的眼睛闪闪发亮。她自己都不知道她以前吸收了达格那么多智慧。如果现在达格能听到她的话,他无疑会感到自豪的。

"这个达格,他一定是一个非常有智慧的人。"胡尔达说。

但她接着摇摇头,样子很担心。"人当然喜欢尊重和维护人所已经做的,"她难过地说,"怎么可以只是寻找新的而对他们已经做的不负任何责任呢?"

胡尔达沉默下来,重又陷入沉思。

然后她深深叹了一口气,用力握握披巾下面诺拉的手。"可怜的小孩子,"她叹着气说,"可怜的小……"

"谁?我吗?"诺拉看着她,觉得很惊讶。

"噢,不,不是你,诺拉。我在想着阿格妮丝的塞西莉亚。"

诺拉吓了一跳。它来得太突然了。"阿格妮丝的……塞西莉亚?"

"对,我们是那么叫她的。这件事情太重要了,没有人可以认为她是赫德维格的,因为赫德维格终身未嫁。她不是那种愿意结婚的人。"

赫德维格?诺拉带来了她在珍珠钱包里找到的那张旧照片,那张有两个女人——阿格妮丝和赫德维格——

和那小婴儿的。她把它拿出来给胡尔达看。

胡尔达把照片看了很长时间。她指出哪一个是阿格妮丝,哪一个是赫德维格。那个看起来很漂亮的是阿格妮丝。"那个小不点儿,她就是阿格妮丝的塞西莉亚。"

"那么她是阿格妮丝的孩子吗?"

"是的,但赫德维格照顾她。"

"照顾……"诺拉竖起她的耳朵。

"是的,而且她是可靠的,我可以证明这一点。她真是一个了不起的女人,赫德维格。"

第十七章

赫德维格和阿格妮丝

事情是这样的:

比约克曼姐妹,赫德维格和阿格妮丝,在世纪之交来到这个城。赫德维格比阿格妮丝大两岁。她们分别生于1886年和1888年。

她们来自贝里斯拉根,父母是林区农民,生活并不富裕。但他们十分勤劳,攒了一些钱。他们的希望是让两个女儿受教育。

这在当时是很不寻常的,因为在那些日子里,人们认为简简单单把姑娘们嫁出去就算了。这一对北方农民夫妇倒是走在了时代的前面,他们想要他们的女儿有出息。

他们认为阿格妮丝可以当一个家政教师,而赫德维格有艺术天赋,可以教绘画。但事情并没有如她们父母所愿。这对比约克曼姐妹进城搬进了面朝街的那座房子。她们住在三个房间一套的公寓里,和当时住在五个房间一套公寓里的上校为邻。

国际大奖小说

那是1905年。胡尔达记得清清楚楚,因为上校就在这以后搬走,医生接替了他。医生搬进来只在比约克曼姐妹来了几个月之后。胡尔达记得他搬进来的日子是4月1号,因此她们搬进来一定是在1月。

胡尔达回想,在这两个姑娘之前,那三个房间一套的公寓里住的是一位老教师。这位女教师极其高傲古板,所以她搬走了人人高兴。

阿格妮丝和赫德维格都很可爱。

赫德维格和胡尔达差不多同岁,相差不到一年。她们一相识就相处得很好。当时赫德维格快乐活泼,阿格妮丝则严肃得多。看到接下来发生的事可能叫人难以置信,阿格妮丝从不开玩笑和闹着玩;赫德维格却不同,她脾气随和得多。不过当你需要她的时候,她却总是肯担起责任,而不像你想当然地以为肯担起责任的是她那个严肃的妹妹。不管有什么事情,赫德维格都来帮忙。

阿格妮丝在城里最大的一家旅馆当实习生学习烧菜。她对烹调特别感兴趣。但那有什么用呢?事情和她作对,她怀孕了。阿格妮丝从来不透露孩子的父亲是谁,但城里谣传这个人是旅馆的一个客人。他再也没露过面,阿格妮丝也不做任何事情去打听他。这就使得胡尔达怀疑这个父亲就在近处,特别是这期间阿格妮丝从无经济困难。到了孩子要出生的时候,她甚至有钱到别处去。

"你以为这孩子的父亲是谁呢?"诺拉问道。

"自然是隔壁公寓里那个医生,当时他是个光棍。我

神秘的公寓

认为赫德维格也怀疑是他,但谁都不露声色。这到底是尴尬的。那医生显然一点儿也不打算娶可怜的阿格妮丝,可能因为她还配不上他。

"医生在结婚之前,经常带着阿格妮丝和赫德维格两个什么地方都去。但到那位钢琴教师一出现,他们的交情一下子完了。我过去也对这件事情感到奇怪。如果他和阿格妮丝之间没有任何瓜葛的话,毫无问题,他们大家是应该能够在一起交往的,因此我相信我自己的想法没错。"胡尔达自信地说。

"我跟你说这件事,也许你认为我爱说长道短。"胡尔达说下去,"但是那孩子,那小塞西莉亚,太冤枉了,长大后却不知道自己的父亲是谁。这几乎是罪过,用不着那样保守秘密,对不对?这样保守秘密只会造成人的不幸。如果阿格妮丝本人也不知道这个父亲是谁,那又不同了。但她不是一个放荡的女人,因此她一定知道得很清楚。如果真是旅馆的一个客人,把他查出来不会很难,因为旅馆一定登记着他的名字。阿格妮丝的沉默是怯懦的,对孩子是不道德的。"

"不可饶恕。"诺拉同意说,"塞西莉亚是什么时候出生的?"

"1906年7月12日。在丹麦什么地方,那地名我想不起来了。阿格妮丝和赫德维格假装去度假。她们回来的时候在9月初,用一个洗衣篮子带回了这个小家伙。我永远忘不了这件事。她当时只有两个月大,娇嫩美丽得像一朵正发芽的野玫瑰。

"阿格妮丝继续在那家大旅馆工作,就像什么事也没有发生过似的。接着她在城里一家孤儿院找到了工作改当总管。她始终没有成为一个家政教师。"

胡尔达叹了口气。"而我……我照顾那小家伙。我当起临时保姆来,不时带她出去。当时我二十一岁,单身,而我一直喜欢孩子。我十年以后才嫁给我的'孔谢日'。那时候我只是个看门人的女儿,什么地方需要我就到什么地方去帮忙。我一直在那里,没有别人能照看小塞西莉亚的时候我就照看她。

"赫德维格一直来来去去。她听各种艺术课,有时候她为了上课要去斯德哥尔摩几个礼拜。但往往有更多的时间她待在家里,站在她的厨房里画风景画。有好几次她画了从她们公寓不同窗子看到的景致,是些可爱的油画。她给了我一幅,就挂在我的房间里。

"当赫德维格在家的时候,她总是和那个孩子在一起。她对孩子非常好。她站着画画的时候,尽管孩子在她腿边又攀又爬,她也从来不激动不发火。赫德维格比阿格妮丝好得多,阿格妮丝一定首先把塞西莉亚看成是孽债。反正我是这么想的。

"当时就是这样。完全没有办法。什么人一旦怀孕了,人们就扳着指头计算生产的日子,叽叽喳喳交头接耳。如果这可怜的女人没有结婚,他们不会表示任何关心,这就使得她感到有罪过和可耻感。因此我很理解阿格妮丝的心情,她不好受。赫德维格就简单得多,一旦说起来,她可以说这孩子不是她的,是阿格妮丝的。"

"阿格妮丝·塞西莉亚。现在我明白这名字怎么合在一起了。"

诺拉看着照片上那个小婴孩——这就是在她家公寓里长大和生活的姑娘。那名字不是如诺拉曾经以为的双名。

"不,我们说阿格妮丝的塞西莉亚,这样就不会有任何误解了。"胡尔达说,"赫德维格想成为画家,对于姑娘们来说,这在当时是一件需要小心对待的事。任何人只要把自己和艺术搞到一起,马上就会被人联想成放荡。

"在饭店里工作的人也一样。赫德维格和阿格妮丝两个人都被看成有点儿胆大爱冒险。她们的邻居,那个年轻医生,在她们周围跳来跳去不会是没有意图的。但是赫德维格看穿了这类事情,从各方面来说她都是一个不寻常的人,一个独立的、有点儿非凡的人。每一个遇到她的人都尊敬她,但她终身未嫁,尽管她有的是好机会。"

胡尔达沉默下来,思索了一会儿,然后说:"她具备点儿超人的预见,我说赫德维格。也许那是她看事情比其他人远得多的缘故……"

"超人的预见?什么意思?"诺拉向她靠过去。

"这个嘛,是说她好像有第六感觉,但是说真格的,她却不愿显示出来。"

"你怎么知道呢?"诺拉问道。

胡尔达知道的也不太多。"我只记得,赫德维格有时会准确地预知将要发生什么事情。常常都只是些小事情,她不过随口说出句什么话,后来真让她说准了。可能她本人没有什么想法,但也可能她的确警惕着不说什么。她不是那种爱表现的人,因为这个缘故,人们往往都很认真地对待她说过的话。她几乎总是对的。"

"但她对这种事情不害怕吗?"

"不,她一笑置之,或者不把它当回事。她不喜欢谈这类事情。这就是我不知道更多事情的缘故。"

诺拉只能满足于听到这些了。

"赫德维格收养塞西莉亚,主要原因一定是她的责任感,但也许是因为她真的喜欢这个孩子。有时候她天天和她玩,这时候赫德维格把什么事都忘记了,她不管做什么事都全身心投入。她和塞西莉亚一起玩的日子对于她们两个都是欢快的日子。她们画油画,画速写;她们唱歌,跳舞。看到她们在一起,完全忘掉了外面的世界,真叫人高兴。

"塞西莉亚极其依恋赫德维格。赫德维格好几次画她。有时候她给她画肖像,有时候把她画成一幅风景画中一个很小的人。

"有一阵赫德维格搞雕塑,这时候她做了一个塞西莉亚的真正玩偶。她在那玩偶中真正捕捉到了孩子的灵魂。它几乎是一件超人的杰作。我看到它的时候真吓了一跳,它太栩栩如生了。"

"我知道,我有这个玩偶。"

胡尔达睁大眼睛看着诺拉。"你有?那怎么会呢?"

诺拉一五一十地讲了那个电话的事,是它使她和达格去了斯德哥尔摩,在老城一家店里拿来了这个玩偶。

胡尔达微笑着摇摇头。"你瞧!赫德维格还是老样子。"

"你真的认为那是赫德维格吗?"

"是的,还能是别的什么人呢?"

"那么赫德维格还活着?"

"至少去年圣诞节她还在,当时我收到过她一封信。"

"但她要我得到这玩偶,为什么不直接把它寄给我呢?"

"赫德维格是怕陌生,她一直都是这样的。现在她老了,真正隐居了。从你跟我说的电话里那番对话,听上去很像赫德维格如今老了的样子。和她年轻时相比,她变了很多,而且她在国外生活了那么久,和这里家乡的人疏远了。她已经变成了一个外国人。

"我从她那些信里注意到了这一点。她不时写信给我,但我得不到她的地址,我的信只好托斯德哥尔摩一个认识的人转交。

"想到我们曾经那么亲密,这让我有时候觉得难过。不过赫德维格一定有她的道理。这绝对不是不信任。我尊敬她,"胡尔达说,"我一直尊敬她。"

诺拉想到那个玩偶。"为什么该我得到它呢?"

胡尔达看上去在沉思。"它本来是塞西莉亚的,但她第一次拿到它的时候有点儿害怕。等到她后来长大一点儿了,她爱这个玩偶,把它到处带来带去。它成了她的贴心知己……后来赫德维格收藏着它。"

"但她为什么把它交给我呢?"诺拉问道。

胡尔达摇摇头。"不,这个问题我回答不了。我得想通了才能说出来。

"不可能只因为你碰巧住在同一个公寓里。对赫德维格来说,这太简单和草率了。她是从不草率的,赫德维格不是这种人。但猜出她的道理来可不容易。正如我刚才说的,她有点儿超人的预见……如果是这样,那就只有她一个人知道了。"胡尔达摇摇头,看着诺拉。她弄不懂这道理。

"别为这件事担心了,胡尔达。告诉我接下来发生的事吧。"

"赫德维格没有成为美术教师,但她从没有真的想当美术教师。打一开头起,她只想成为一个画家,虽然她从来没有这样说过。对于她来说,事情顺顺溜溜。

"最初几年比一切预期都好。当时阿格妮丝和赫德维格两个人共同照顾孩子,阿格妮丝那方面倒也高兴和孩子在一起。起先一切很好。阿格妮丝去工作的时候,赫德维格和塞西莉亚在一起;赫德维格去上课的时候,塞西莉亚去阿格妮丝当总管的孤儿院。

"不过这样做不是太好。塞西莉亚害怕所有那些陌生的脸,而且这样做也太没有必要了,既然我高兴照看这小家伙。只是阿格妮丝很固执地要让她和自己在一起。

"当时没有人明白,阿格妮丝实际上是打算把塞西莉亚永远放在孤儿院里。我一旦知道这件事,实在永远不能宽恕阿格妮丝。这太丑恶,太为自己算计了。阿格妮丝在任何方面,在方式和形式方面,都没有泄露她的打算。她装作担心塞西莉亚害怕其他孩子,要纠正这一点,孤儿院是个理想的地方。塞西莉亚还可以和她的妈妈在一起。不过那是偶然的一次,阿格妮丝认为这点很重要。

"而事情的实质是阿格妮丝认识了一个所谓'诚意求婚'的人。他是一个有抱负的生意人,在斯德哥尔摩开了个店,然后当上批发商,移民美国。他的名字叫尼尔斯·埃兰德松。他要娶阿格妮丝,但对她的孩子不感兴趣。"

"赫德维格怎么样?她要塞西莉亚吗?"诺拉问道。

"是的,她当然要。"胡尔达思索着,"如果她一生中爱过什么人,这一定就是那个孩子。不过这是件进退两难的事,因为她不允许任何一个孩子妨碍她的艺术进步。那是首先要考虑的。"

胡尔达深深叹了口气。"事情就是这样。阿格妮丝知道这一点,因此孤儿院是最理想的选择。"

阿格妮丝不能把这件事向一个孩子解释,这太难了,因此她干脆孤注一掷。当胡尔达最终明白将要发生什么事的时候,她替塞西莉亚哀求了又哀求,但是没有用处。

1910年,在塞西莉亚四岁的时候,阿格妮丝突然嫁给了尼尔斯,并搬到斯德哥尔摩去。这是经过精心策划的,它——按照事先的安排进行着。当时赫德维格在巴黎,塞西莉亚住进了孤儿院。

这时候正好胡尔达的父亲生病和去世,这就是她未能像她应该做到的那样坚强和坚持的缘故。这件事一直使她感到羞愧,以至于她如今依然不能原谅自己当时没有更坚强些。

但是她马上写信到巴黎给赫德维格,告诉她发生了什么事。赫德维格立刻赶了回来。她生气极了,立即把塞西莉亚接回家。那孩子从此以后再没回到孤儿院。胡尔达很高兴能更多地照顾她——赫德维格的工作不能受到影响。

阿格妮丝现在有尼尔斯了,生意、旅行等等是可想而知的。后来她又有了几个孩子。她忘记了塞西莉亚。但有一次她回家,和赫德维格在老公寓里住了很短一段日子。那时尼尔斯正在美国,她感到寂寞。

那时候塞西莉亚已经十一岁了。她一向是敏感的,现在她的母亲隔了那么长时间突然出现,她显然变得很紧张。她们两人的亲属关系是不得已的和虚伪的,气氛很不愉快。

当时塞西莉亚经常到朝院子的房子里来看胡尔达。

关于她的母亲,她什么话也没有说,但看上去她显然在逃避。当时胡尔达已经嫁给那英俊的"孔谢日",他比她大二十岁。

最后阿格妮丝又回到了她自己的家,一切又恢复了原样。没有人想念她。

但一碰到赫德维格出门,塞西莉亚就焦虑不安,像是害怕赫德维格再不回来。这时候塞西莉亚大都住到胡尔达那里去,有时候胡尔达睡到塞西莉亚这边来。

一年年过去,塞西莉亚长大了,变得更加敏感了,却不再那么焦虑,不再那么娇滴滴——不再是"妈妈的小宝贝"。

诺拉听了一惊。"妈妈的小宝贝!你真这么说?我小时候也被这样叫过。这是我所知道的最坏的话。"诺拉直看前方,接着心不在焉地说:"'阿格妮丝怜悯我。'"

"你说什么,诺拉?"胡尔达看上去很吃惊。

诺拉擦擦她的眼睛,双目无神地看着胡尔达。"对不起,我只是在想着那些纸条。在它们上面阿格妮丝出现了两次,两次都提到了她'怜悯',那么怜悯的是塞西莉亚。这个怜悯自己孩子的母亲!太好了,来龙去脉我现在弄明白了,那些纸条一定是塞西莉亚在那些年头写的,藏到了花瓶里面。

"其中一张写在7月12日,塞西莉亚的生日。当时她们一定给她庆祝了,阿格妮丝怜悯了她。现在我知道了她是她的亲生母亲,这听上去越加可怕。"

诺拉哆嗦了一下,胡尔达叹了口气。"对,可怜的小家伙。我相信她恨她的母亲。

"那年晚一点,阿格妮丝又一次露面。她怀孕七个月了。当时是冬天,尼尔斯又离开了。在那以后她又离开了。我们难得听到她的音信。她又有了一个新女儿,她把她宠坏了。从某一方面说,她一定是要她把从来未能给过塞西莉亚的都给她作为弥补。事情常常是那样的。我确实看到过小薇拉……"

"薇拉?"

"对,阿格妮丝的薇拉,那个新的女儿。他们有事到这城里来。那时候那姑娘已经很大了——我想是到了读小学的年龄。她很文雅,一个十足的小公主。那不是她的错,但我一想到塞西莉亚就感到难受。她的母亲给了她什么呢?什么也没给。"

"薇拉是什么时候出生的?"

"让我想想……一定是1918年。那年年初。"

"她姓什么?"

"当然是埃兰德松。她是尼尔斯的女儿啊。"

"哦……对,当然……"诺拉像一个弹簧那样盘紧,"薇拉后来怎么样了?"

胡尔达思索。"对,她结了婚。不过她的夫姓叫什么来着?不,我已经忘掉了。我记得她的丈夫是一个牙科医生,有许多钱。"

诺拉倒抽了一口冷气,她的太阳穴怦怦直跳。"他的

姓也许是阿尔姆吧?"

胡尔达拍她的双手。

"对,阿尔姆,就是这个姓。你怎么知道的,诺拉?怎么回事,我的孩子?你在发抖。"

诺拉回答不出。胡尔达被诺拉的样子给吓坏了。"我说了什么傻话吗?"

"不,你没有。碰巧薇拉·阿尔姆是我的外婆——我母亲的母亲,而比那·阿尔姆是我母亲的父亲。"

"我不知道。"胡尔达握住诺拉一只手,捏它,"我亲爱的姑娘。我从莱娜那里只知道你的父母出了车祸,你失去了他们。我知道薇拉·阿尔姆也有一个女儿……我亲爱的姑娘,那么她是你的母亲?"

"是的。"

诺拉把头靠在胡尔达的披巾上,她们默默地坐了很长时间。

现在人们开始走来走去了,餐室已经在摆桌子准备晚饭。人们看到胡尔达跟诺拉还坐在那里,认为她们单独在一起的时间已经够多了。阳台不是专供胡尔达和她的客人用的。

因此有几个人到外面阳台上来等开饭。他们用好奇的目光看着胡尔达和诺拉,直到里面食物摆好,他们又全都马上跑掉,要第一个坐到他们的菜盘子旁边去。诺拉和胡尔达留在外面阳台上吃饭,这让那些老人感到不自在。他们不知道怎么想的,不时走到门边来看。胡尔达看在眼里觉得很好玩。"你看见他们多么好奇吗?他们都是好人,现在在妒忌呢。"

有一两次,一些老太太走过来向诺拉问好,问她是什么人。尽管有风,她们也要和她们一起坐。胡尔达微笑但是坚决地阻止,说她和诺拉要单独坐坐——她们要谈的事情太多了。

这没有完全打消老人们的好奇心。胡尔达高兴地笑着。"现在你可以打赌,他们几乎要爆炸了!"

但是她们没有办法再谈下去,因为老人们越来越觉得,他们今天应该在玻璃阳台上喝他们的饭后咖啡。于是,他们拿着砰砰响的咖啡杯出来,直到所有的位子都坐满了。

他们无声地取得了胜利,坐在那里搅拌着他们的咖啡,朝周围看。

诺拉站起来。是去公共汽车站的时候了。如果错过公共汽车,她今夜就回不了家了。胡尔达送她出去。

"谢谢你,亲爱的诺拉,谢谢你来。"

"我可以再来吗?"

"你一定要再来,而且不要隔得太久。"

第十八章

达格总是不回家

她该告诉达格多少呢？坐公共汽车一路回家的时候，诺拉一直在想这个问题。她觉得不知道怎么办好。她需要想一想。事情太多了，她需要自己先梳理清楚。达格这会儿可能在家等着，并且充满好奇。

她也许得告诉他一部分，但不是全部——时候还没到。比方说，她外婆的事。在把这件事情讲出去之前，她必须先亲自跟外婆谈谈。这太稀奇了。她要尽可能长久地保守这个秘密。

她最需要的是和塞西莉亚单独在一起，她急着想见它。现在她知道了，她们之间有亲属关系。但还有别的关系，更至关重要的关系——那就是赫德维格为什么要让她——只有她——才能拿到这个玩偶。她们——赫德维格和塞西莉亚——要告诉她一些不能直接说的事情，她得自己找出来并弄明白的事情。

因此，她该跟达格说什么呢？

问题自行解决了，达格不在家。这倒使她奇怪，他到底是知道她去看胡尔达的!她原来断定他会在等她,但他出去了。这不像是他。他再也不感兴趣了吗?她忍不住觉得有点儿失望。

她等了又等,没有办法想别的事情。直到她上床熄了灯他才回家。她听到他在她房门外的脚步声,他大概站在那里,想知道她是不是还醒着。她本可以开灯起来看看,但是她不想这样做。

第二天早晨她来到厨房的时候,他早已出去了。卡琳说他是那么急急忙忙,呷了杯茶就走了。一整天没人见过他,连吃晚饭他也没回来。不错,一家人周末过后多少是各干各的,但还是出格了!达格为什么这样呢?

是因为他要向她表示,他打算遵守诺言不再好奇了吗?如果是这样,他做得太过分了。这不是她原来的意思。她的意思只是不想透露任何人的秘密——例如塞西莉亚的,但还有别的事情可以谈啊。

也许她要亲手处理这件事情得罪了他?但她早该察觉这一点,因为达格一贯不是会隐瞒自己的人。

他所做的一切绝对不像是他。

安德斯和卡琳也什么都不知道。达格没有回家吃晚饭,诺拉自然问他上哪儿去了。他们却只是耸了耸肩:他不在芭蕾学校吗?他们似乎完全不感兴趣。不管什么事情,没有一个人知道。而她有那么多事情要说,却没有人可以说,像往常一样。

第二天还是老样子。等到她放学回来,一看就知道达格没在家。安德斯说他来过电话,他今天晚上又不回家吃晚饭了。

"可他在干什么呢?他在哪里?"诺拉问道。

她不由得变得忍耐不住了。安德斯只是大笑。"达格就是不想说他在哪里。他说他回家会很晚,但没有说什么时候。他现在已经长大了,该为自己走的每一步负责了。"

诺拉没说话,但事情看起来的确奇怪。就算是大人也可以讲讲他们的行踪而不会感到被人监视。有人接连两天连晚饭也不回来吃,这几乎是家人该问问的最起码的事了。

"一定是那场舞蹈,"卡琳说,"很快就要演出了,他有一个角色。他从来不爱谈他正在做的事。如果谈了,他认为整件事将会失败。"

卡琳这话可能有点儿道理。说到舞蹈,达格有相当大的雄心壮志。现在他可能更加入迷了,因此对介入她的事情不感兴趣了。她这么一想,就觉得这似乎又像他这个人了。

达格这样老不在家,结果几乎每次都只好由诺拉带路德出去散步。她对这件事倒毫无意见,不过自从路德变得那么任性,责任就大了。两个人跟它一起出去就要好些。安德斯和卡琳难得有工夫。莱娜不时自愿来,但她不能次次都来。有一天路德又跑掉了,那天莱娜倒是跟她在一起的。她们出去遛完狗,站在诺拉家外面谈了一

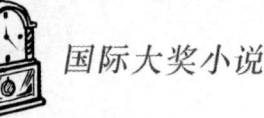

会儿话。

路德一路上都很乖,被皮带牵着顺从地走在旁边。没有人能想到它有它自己的打算。它要了她们。

莱娜牵着它。当她们要分手的时候,莱娜把皮带交给诺拉。这时,它就瞅准这个机会,狠狠一挣就挣脱了身子,照它的老样子飞快地跑掉了。没有办法追上它。等到她们发现出了什么事时,它早已跑得她们捉不住它了。

莱娜要诺拉和她蹬上自行车马上去找,她认为这都是她的错。但诺拉让她放心,告诉她路德已经不是第一次这么跑掉了。她知道没有办法找到它,它有这个习惯。但它很快会回来的,因此犯不着担心害怕,这只是等它一高兴就会重新出现的问题。

莱娜蹬自行车回家去了,诺拉打电话报警。

可这一回路德不急于回来。它走了三天三夜,连通常对它出走都习以为常了的卡琳也开始不放心了。安德斯照常把它当作一回大事。诺拉不知道达格怎么样。在他们见面的很短时间里,她避开了他。他们之间的关系变得很紧张,她自己也不明白这是怎么回事。

路德依旧不露面,这时候诺拉开始害怕这回真的出了什么严重的事情了。

这是它失踪第四天的傍晚。诺拉害了感冒,在厨房里一面看着烤炉,一面心不在焉地翻报纸。卡琳在洗热水澡。

安德斯坐在那里看电视。而达格,自然又不在家。

下了一整天的雨,灰蒙蒙的长脚雨。现在天黑了,可雨还在下。诺拉觉得很阴郁。

她答应过胡尔达尽快再去看她,可去不了,因为她感冒了。她不愿意把感冒传染给养老院的那些老人。

一切事情都拖了下来。她没有去看外婆,她原是想去的。在跟胡尔达把话谈完之前到那里去可不是个好主意。有许多事情会弄明白,这些事情她想要问问外婆。

最伤脑筋的是达格一直不在家!诺拉真正觉得不快活。

忽然厨房的门铃响了起来。先是很短很犹豫的轻轻一声,紧接着是更长更坚决的铃声。这会是谁呢?已经近九点半了。

诺拉打开门。

楼梯井的灯坏了,因此门厅很黑,她站着的食品室也很黑。她的手紧张地摸索墙上的电灯开关,但是找不到。忽然之间,她觉得一样柔软的湿淋淋的东西在蹭她的腿。她吓得几乎尖叫起来,但就在这时候她找到了电灯开关,把灯打开了。

是路德——它的毛给雨水浸湿了,尾巴摇来摆去,舌头伸得长长的在喘气。她太高兴了,跪下来拥抱它。

就在这时,她听见在门厅里发出回响的脚步声。那一定是把路德送回来的人,他这会儿正在跑下楼。

"你好!"

诺拉一下子跑进门厅,往外大叫。她只听见有人在跑,可是太黑了,看不见人。

"喂!你是谁啊?请等一等!"

下面的脚步声停了一下。一个清脆的声音传回来:"我只是要送回英雄。"

英雄?哦,对了,路德还戴着那个旧颈圈!

那是一个姑娘的声音。她为什么不肯露面呢?

诺拉在她后面叫道:"你太好了。谢谢。你可以等一下吗?"

可是那姑娘很快地跑掉了。她出去时关上了下面的门。诺拉跑到楼梯井的窗口,要看看那会是个什么人,但那姑娘已经消失了。为什么她不愿让人看见呢?那清脆的声音令人想起了什么。想起了什么呢?

重要的是路德又回来了。但它一直在哪里?

它一定是在第一次失踪时的那个地方,在被黑黝黝的松树和枞树围着的神秘白房子附近。那房子不是荒废了没有人住吗?路德在那里干什么呢?

也许那姑娘住在那附近?警察局有一次告诉过安德斯,是一位姑娘把路德送到那里的。是同一个姑娘吗?

如果是,为什么她这一次不同样上警察局,却直接到这里来呢?特别是她依旧不肯露面?

这不是很古怪吗?

诺拉急于要和达格谈谈这一切,但是再也不能指望他了。

面包烤好以后,诺拉溜进了她的房间,关上了房门。

就在这以后,她听到达格回来了。她该上他那儿去吗?或者等他来敲门呢?她听见他和安德斯的说笑声。他们看来显然有许多话要谈。

不,她不能出去。她决定等着,但是达格没有来。他跟安德斯一起留在电视机前面,直到节目结束。

电视静下来以后,他们坐着谈了一阵。达格的声音听上去异常欢快,接着他一定到他的房间去了。公寓静了下来。他甚至不来看看她的灯是不是还亮着,他连想也没有想到她。

她已经好久没有尝过这样被遗弃的滋味了。

第十九章

和跳舞的塞西莉亚面对面

再总是想着达格也没有用,她现在不能再为他烦恼了。为了他,她已经开始冷落了塞西莉亚,他实在不值得她这样做。

愚蠢的达格。他怎么可以弄得她感到这样被遗弃呢?可能这只是一种痴心妄想,她对他们的关系看得过重,期望太高了。

现在可以到此为止了。

今天午饭的时候他们在书店里碰巧遇到。达格站在录音带柜台听芭蕾音乐。她走过的时候,他叫住了她。"听这个!它不是棒极了吗?是《船娇孔达》①中的'时间之舞'。它已经在我的头脑里转了一整天了。你不认为它对演出会很好吗?"

但诺拉没有停下来。"我要上文具部去买些纸。"

---

①《船娇孔达》是意大利19世纪作曲家蓬基那利(Amllcare Ponchielli,1834—1886)的著名歌剧。

她匆匆要走过去,但他在后面伸出手拉住她。"诺拉,你忙什么?"

"忙什么?你什么意思?"她转过身来看着他。他在微笑着。

"事情怎么样了?"

事情?他是怎么想的?要她站在录音带柜台详谈情况吗?他是这个意思?如果是这样,他的确会挨她的骂。

但她保持沉默,只是耸耸肩,转身走了。她现在不打算把时间浪费在他身上。她去买了纸,这整段时间里,达格的眼睛始终盯住她看,芭蕾音乐在她的耳朵里鸣响。她急急忙忙离开那书店。

她放学以后赶紧回家,好把她的全部注意力转移到塞西莉亚身上。她们会想到一块儿。她多么向往她们两个能在一起。当她到家的时候,她竖起耳朵听公寓里的动静,但没有人在家。

她脱掉外套,穿过公寓,来到圆形房间的时候,她听到音乐从她的房间里传出来。她忘记关掉收音机了吗?

她停下来听。里面响着的像是捂住的钢琴声。等到再走近,她却什么也听不见了。那一定是她的想象。

出了什么事?她站在房门口完全傻了。她认不出她自己的房间了!这是个阴雨天,但房间里充满阳光。阳光却来自另一个方向——不是来自写字台上的窗口,而是来自床和书柜所在的墙上——那儿并没有窗子!她用手捂住眼睛,闭上它们。接着她又睁开,重又闭上。

音乐重新轻柔地响起来了。它不就是达格在书店里听的同一首曲子吗?但这是用钢琴弹奏的。她慢慢地睁开眼睛。

她是在做梦吗?她是看见了一个幻象?或者她是走错了地方?

这不是她的房间!在窗子下面应该有一张写字台,但现在那里既没有写字台也没有窗子,只有一个又大又沉的衣橱。它的一扇门上有一面长镜子,门微微打开,她能瞥见里面挂着的衣服。

衣橱的另外一半是抽屉和架子。一个抽屉拉了出来,边上搭着一条蓝色彩带。

在这抽屉上面的架子上,塞西莉亚坐在一朵黄色的绢绸玫瑰花旁边。诺拉的玩偶!塞西莉亚理应坐在壁炉的壁龛里。

诺拉转眼去看壁炉。炉子里正生着火,炉门开着,炉火熊熊,但没有发出呼呼声。它在无声地燃烧。

唯一的声音是轻柔的钢琴声和闹钟的滴答声。音乐似乎来自她后面的小房间,但那房间看不到钢琴,它看上去就是平时看到的样子。然而她能清楚地听到有人在弹钢琴,在她的一边,在离开如今放着个新柜子的门很近的地方。音乐声就是从那里传来的,但是既看不见钢琴也看不见弹钢琴的人。

诺拉闭上眼睛仔细听。达格说那曲子叫作"时间之舞",现在她身边正在弹奏着这旋律。她又去看那壁炉。

它和她的火炉是同一个火炉,这也是房间里唯一和它本来样子相似的东西。但这火炉在阴影里,阳光不像平时那样照在它上面,壁龛的小铜门关着。

诺拉的眼睛移到火炉对面的墙那边,那里应该有床和书柜,但如今那里只有一个大窗子,挂着轻飘飘的窗帘,薄纱一层又一层。

这是一个完全不同的房间——却又是同一个房间。诺拉旁边的钢琴继续在弹奏。忽然她看见一个人慢慢地从窗帘后面走出来。这是一个姑娘,裹着轻纱,双臂优美地伸展着,用脚尖一路走过房间。她穿着芭蕾舞鞋,裙子垂到脚踝。

诺拉一眼就认出来,这是塞西莉亚!她比塑成玩偶时的年龄要大,所以更像小银盒里那幅肖像,但样子还是跟玩偶一样严肃。

塞西莉亚向天花板抬起头,跳了两个舞步,随即在空气中飘动,双臂像翅膀般举起,裙子在小腿周围飘拂。

诺拉难得看到这样美丽的舞蹈。

就在这一瞬间,房间里充满了飞来飞去的影子。它们就是有时飞过她窗子的那些焦急不安的鸟的影子。

诺拉想向塞西莉亚伸出双臂去拥抱,但她不能动,不能跨过门槛。她只能到这里为止,再也走不过去了。

这房间不是她的。

这时间不是她的。

她能看到塞西莉亚,但够不着她。

她看着塞西莉亚在房间里一下子停下来,背对着她,弯着脖子。她跳着跳着一下子停下来,站在衣橱门上的镜子前面,一动不动。她谛听着。

诺拉能够看到镜子里塞西莉亚苍白的脸。

她自己站在门口也同样一动不能动。"时间之舞"在她们后面弹奏着。她们听着同一支曲子,但相互够不着。

接着,塞西莉亚慢慢地、慢慢地抬起头,望到镜子里面。

诺拉能够看到她的脸和眼睛,也能够看到门口和她自己正站着的门槛,但是她看不到她自己的人影。那是她看不见的。

诺拉明白了,它现在不是她的房间,而是塞西莉亚的房间;而且这是塞西莉亚的时间,不是诺拉的时间。

诺拉是塞西莉亚房门口看不见的来访者。她们能够感觉到彼此的存在,但她们不能相互说话或者够到对方,她们各自囚禁在自己的时间里。

她不知道这样过了多久——也许是几分钟,也许是更长一些,也许甚至只是一转眼间。但在架子上玩偶旁边,就在那绢玫瑰花后面,那个小闹钟在滴答滴答响着。诺拉看得见它。

接着塞西莉亚消失了,音乐也消失了。

诺拉又能跨过门槛走进自己的房间了。写字台照样在窗子下面,床靠着它原来的墙。一切又恢复了原状。

光从正确的方向落到房间里。太阳没有在照耀,但天空已经亮了一些。壁炉里没有火在燃烧。在幻景中还留下的是那些影子的鸟,它们仍旧在空气中拼命地飞来飞去。

诺拉小心地从地板上走过去。她停在房间中央,就站在那里深深地呼吸了很久。接着她走到壁炉前,打开壁龛的小铜门,塞西莉亚坐在那里。她把它拿出来。

忽然她记起了她在一个记事本上写的几行字,达格有一次进来后把它们读给她听,于是她走到书柜那里去找到了这记事本。她抱着玩偶在她的床上坐下来念:

> 仔细地考虑过了,这是不可思议的:曾经实实在在存在过的东西会终于化为乌有,在永恒的时间中不再继续存在。

这是叔本华的话。

当达格把这句话读给她听的时候,他的眼睛曾经闪闪发光。现在当她看着塞西莉亚的时候,她断定这玩偶也在用闪闪发光的眼睛看着她。它整张脸有一种表情似乎要说:"你读的话是真的。这我知道。"

诺拉把玩偶紧贴在胸前,闭上眼睛,回想她刚才看到的景象。这不难。那形象会永远铭刻在她的记忆当中——塞西莉亚在跳舞的房间。

她在心中如今能清楚地看到长大了的年轻的塞西莉亚,就像在镜子中看到自己一样。

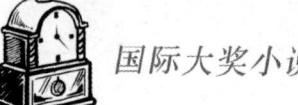

国际大奖小说

她开始越来越明白塞西莉亚可能要她干什么,或者她们,她和塞西莉亚,有什么共同点。实际上这已经非常清楚,她从花瓶里那些纸条早已明白了。

像诺拉一样,塞西莉亚曾经由别人领养,她从来没有感到心情完全舒畅过。在她母亲阿格妮丝面前不舒畅,在赫德维格面前实际上也不舒畅。也许和胡尔达在一起舒畅一些,但也不完全舒畅。塞西莉亚的日子一定比诺拉还苦。

至少诺拉在开头几年有她的母亲和父亲。他们是一个家庭。但塞西莉亚连父亲是什么人都不知道,而她的母亲简直要不承认她,因为她的母亲曾经为她来到这个世界上而感到羞耻。她的存在本身就是羞耻的。

诺拉从来不是这样。她得到承认。妈妈和爸爸在世一天,她就一天感到心情舒畅。

但是塞西莉亚对任何活着的人都没有提要求的权利。这个世界上没有哪个地方可以称为她自己的,更得不到一个孩子从父母那里应该得到的自然权利。她一直在别人家里靠人家救济过日子。

诺拉多少懂得一点儿这种滋味:每天晚上临睡时和每天早晨醒来时总想,谁将会照顾我?等到好一些了,又会重来,又是突然一阵痛苦——感到刺骨的心神不定和不安全。这种潜在的感觉始终存在:她不属于这里。她在这里只是受到救济,他们容忍一天就救济一天。那些人一定多么仁慈啊,她不感恩又是何等坏啊。尽管安德斯和卡琳一直显示出他们愿意她和他们安居在一起,但情况还是没有什么两样。这种不好的想法始终潜伏着,令她多疑和不公正。最可怕的是,她的心地黑得像夜,那么肮脏和不知感激。

她不值得别人对她这么好,不值得安德斯和卡琳这样对她,也不值得达格这样对她。他们随时会发现这一点,于是把她打发掉。

诺拉感到玩偶的圆脖子托在她的手掌上。她举起它的头,直视那张严肃的脸。她能够全身心地感受到塞西莉亚有多么痛苦。如果说,尽管诺拉过得那么好,这种不好的想法尚且能进入她的头脑,那么,塞西莉亚也会这样想和这样感觉,不是很合情合理吗?

如果说诺拉明白了什么事情,这事情就是感觉到自己被人照顾。塞西莉亚一定感觉到自己是何等的无人需要,这一点变得惊人的明显。她是多么没有人需要——除了可能用她来证明收养她的人是多么好,多么富于自我牺牲精神。

现在那种不好的想法又来了。

诺拉记得第一次踏进这个房间时,她终于感到自己是在家里,想要在这儿待下来。她曾经多么害怕别人会要这个房间,但是她得到了,没有话说了。她应该大喜过望才对。

但是她马上又被最坏的怀疑思想攫住了。当然,他们是要让她离得尽可能远些。他们要摆脱她,避免看见她，因此安排了他们三个在一起。一个小家庭——不包括她。

这当然不是真实的，但却是她对这件事曾经有过的感觉。她把玩偶抱得紧紧的，眼泪滑下她的脸颊。

塞西莉亚也曾住在这个房间，她的焦虑和痛苦留在这些墙壁里，即使改动墙壁和窗子也毫无用处。每次诺拉带着她的痛苦和焦虑走进房间，就引起了塞西莉亚的痛苦和焦虑。随他们怎么去重新油漆和糊上墙纸吧。

她看着塞西莉亚，害怕起来。眼泪已经落到玩偶的脸上，因此它的脸也湿透了，看上去那么伤心。诺拉仔细地把它擦干。

当她坐在床边擦干塞西莉亚的和她自己的眼泪的时候，她听到脚步声从圆形房间向她的房间走过来，窗台上那小闹钟又开始滴答滴答响。脚步声照常来到房门口，并停在那里。她不是独自一个人。

她看玩偶的脸。它不再伤心了，重新露出诺拉读那句引文时那种倾听的神情，眼睛重又闪闪发光。诺拉觉得充满了安宁和一种非凡的温暖。

现在是塞西莉亚站在那里，看着诺拉坐在这里抱着她们的玩偶。刚才诺拉曾经站在房门口看塞西莉亚跳舞，那时候塞西莉亚看不见诺拉，就像诺拉现在看不见塞西莉亚一样，她只能感觉到她在那里。同样，刚才塞西莉亚毫无疑问地也感觉到了诺拉在那里。

这实在是很自然的。有时候诺拉站在塞西莉亚房间的房门口，有时候塞西莉亚站在诺拉房间的房门口，但是她们不能跨过门槛或者走进彼此的房间。她们各自站在自己的时间里，不能相互够到，但能感觉到彼此的存在。

　　这实在是非常自然的。曾经实实在在存在过的东西……

国际大奖小说

第二十章

达格遇到一位姑娘

达格遇到了一位姑娘——这就是他那种举动的解释!莱娜打电话把这件事情告诉了她。她看见过他们在一起,达格看上去简直是坠入爱河了。

诺拉的心一下子一片空虚。她停止了说话。什么事情她都会相信,只除了这件事。"达格跟你说什么了吗?"

莱娜的口气十分惊讶。"我本来以为你早已知道了,我只是要告诉你我看到了他们。为什么他什么都没有说?在所有人当中,你应该是第一个知道的。"莱娜说。

诺拉尽快停止这番谈话。她实在想知道那姑娘是什么模样,但她和莱娜两个都离了题。反正不是她们学校的女生,莱娜能说的就这么多。

诺拉觉得仿佛挨了一记耳光。如果有什么事情叫作背叛,不就是这个吗?她深深地受到了伤害。这么说,达格对她一点儿也不信任。她不是应该值得他信任的吗?

她一直知道,迟早有一天她会失去达格的,同时,失去安德斯和卡琳也只是时间问题。

神秘的公寓

达格的女朋友现在将取代诺拉了。显然，他们对她会比对诺拉亲密得多。她是挑中的，是他们的儿子挑中的。诺拉只是强加给他们的人，他们怎么想摆脱也摆脱不了，因为她是个孤女。这是对她的怜悯。

这件事她越想越恐怖，她的整个世界都快要垮了。她得勇敢地面对现实，而不是把头钻到沙子里。她曾经等着和担心着的事情现在显然发生了。

她不可能预见它会怎样发生，但她觉得它会找上达格，这就是她为什么一直那么怕失去他，因为她知道有一天她必定失去他。但她希望能再过些日子，到她大一点儿，那时候她能够照顾自己了。

最可怕的是谁也不说一声。安德斯和卡琳一定已经知道，但他们考虑得那么周密，从来没有表现出什么。他们永远不会把她打发走，这一点她不用害怕。她仍旧会得到允许留在这里，但是在他们的心中不会再有一个位置给她了。那位置会转给达格的女朋友。她将是他们爱的人，虽然他们仍将负责照顾诺拉，永远不会说一个字泄露她实际上多么碍事。他们会装作一切正常，完全跟现在一样。她可以在这里继续待下去，对她还像以往那样好。他们会相信她不知道事实真相，因为在他们不表露什么时，她也不敢表露什么。这是恶性循环，没有人能够脱离它。不能这样下去，她必须离开——尽快离开。

只要她不那么疲倦就好了。她想睡，连一点儿气力也没有了。她还在感冒。

在她离开以前,她至少必须对付着过去。在这段时间里,她可以考虑考虑未来并做好打算。

她不想带走任何东西,只除了塞西莉亚,世界上没有人有权利得到的东西,那是她一个人的。

但她和它到什么地方去呢?

也许到外婆和外公那里去?但他们如果要她,许多年前他们会不收留她吗?妈妈和爸爸去世的时候,外公在美国,外婆哭了又哭,可什么也不能做。这些她全知道。但外公回来以后,他们为什么不要她呢?

他们失去了他们的孩子,可诺拉失去了她的母亲和父亲。他们应该有共同的东西,可以相互理解,但他们从来没有真正交谈过。外婆只想拥抱和开开玩笑,从来不认真地谈谈。外公呢?为什么他总是躲在幕后?他喜欢诺拉,她能感觉到这一点,但是他不表示出来,就像外婆一样。

现在她就是不能上那里去。她能说什么呢?达格遇到了一个姑娘,因此她不能待在安德斯和卡琳那里吗?这话他们永远不会相信。

她太疲倦了,什么事情也想不下去,而且她一直觉得冷,她的感冒没好转。能睡上一百年就好了。她抱着塞西莉亚蜷缩在被子底下,想着心事睡着了。

达格敲了两次她的房门,但她没有放他进来,借口感冒不舒服。

她的感冒只是变得更糟。她发起烧来,咳嗽,不能去上学了。现在她只好卧床,但这样也好——她什么也不想做。她不用起床做饭,卡琳把吃的送来给她。她怕卡琳会叫达格送来,但不用担心,他几乎从不在家。

安德斯有时来看她。他绷长了脸,心事重重地看着她。有一次他停下来摸摸她的脑门儿。"你气色不好。你觉得怎样?"

安德斯看上去是那么善良,诺拉一想到曾经以为他对自己只是在尽他的责任,就觉得非常可怕。她喉咙打了结,忙把头钻到被子底下,好不让他看见她流泪。这几天什么事情都会让她哭。他为什么不离开呢!

但是安德斯硬是站在那里,在毯子上拍拍他认为是她头所在的地方。"可怜的小诺拉,你真不该不和我们讲讲话。"

他的话听上去那么真心真意,为什么她就不敢相信呢?她太想和他们讲讲话了,但是她只好使自己的心肠硬起来,不让自己变得可笑。

他站着等了一会儿,随后离开了,于是她可以痛痛快快地大哭了。只等她病好了,他们就可以永远摆脱掉她,用不着再装样子了。

但是她的身体恢复得比她想象得快——事实上病一下子就好了,这都是因为卡琳在家里备有一些极好的咳嗽药。一天早晨诺拉醒来,就觉得几乎没事了。

事情发生得太快了。她出走至少要准备一两天。她决定不露出病好多了的样子。她感到自己像是叛徒,但她要把她的角色演得很好。她那样子像是还在生病,一面咳嗽,一面说她要试试看去上学。

正像她料想的,卡琳要她躺在床上。卡琳认为,对这种春天传染病是开不得玩笑的。支气管一感染,特别需要当心。诺拉只好答应不起床。

下午卡琳进来,拿来了一袋糖。

"达格给你的,"她说,"他向你问好,要你想办法尽快好起来。他不想打搅你,但请你说一声他什么时候可以进来和你谈谈。"

诺拉的心高兴得直跳,但她控制住了自己。她得小心,这不一定有什么特别的意思,也许他只是表示有礼貌。"请替我问他好并且谢谢他。"

卡琳点点头,在诺拉的床边坐下,一副心事重重的样子。"我不知道他要和你谈什么。他路过时进图书馆一会儿工夫,把这袋糖留下给我,要我把它带回家给你。他要很晚才回家。我觉得他这些日子的举动太奇怪了。"

卡琳担心地摇摇头,看着诺拉。"有个姑娘牵涉进来,你一定知道吧?"

诺拉没有回答,她的心怦怦直跳。

"他告诉你什么了?也许你不想说。"

"不。他什么也没有说过。"

"可他一定说过他遇到了一个姑娘吧?"

"没有。"

"没有?我还以为他只瞒着安德斯和我呢。"

诺拉从床上坐起来。这可能吗?"达格对你和安德斯也什么都没说?"

"没有,我是在图书馆里听说的。一个图书管理员看见他们在一起。你怎么发现的?"

"通过莱娜,她也看到了他们。"

"你想得出他为什么这样做吗?我不认为我是那么差的一个母亲,都不愿意跟我谈谈。或者我真的是个差劲的母亲?"

她焦急不安地看着诺拉,打算微笑,但是她的嘴唇在发抖。诺拉一阵冲动,伸出了手。卡琳紧紧地握住诺拉的手,显得很难过。

"达格追上一个姑娘并不奇怪,"卡琳说,"只是这件事他为什么要对我们说谎,却让我们以为他在跳舞呢?"

诺拉认真地看着卡琳。"他真说谎了吗?我不认为他说了谎。"

卡琳把这话想了想。"不,也许还说不上是说谎。但我们认为和芭蕾有关,他却没说什么。"

"但他拿定主意不说他在什么地方了吗?那不是说谎。"

"这一点你说得对。"卡琳用感激的目光看着诺拉,接着大笑起来。"那么我们能做的只是不露声色,并希望他不要带一个完全无可救药的姑娘回来。"

尽管大笑,但听上去她并不快活。

诺拉的脸看上去却很严肃。她不参与大笑。"达格绝不会和任何无可救药的人在一起。"

卡琳靠近过来看她。"不,他的确不会。"她承认说。

"但他太容易陷于白日梦和幻想。他对姑娘们没有经验,很容易被引入歧途的。"

诺拉倔强地摇头。"不,达格不会。这方面毫无危险。即使他没有很多经验,但他还是有……"她寻找字眼儿,"……对人的本性的认识。他对人确实是个很好的法官。"

"你真这么认为?"卡琳看上去很高兴,"你说的话很有意思。我也认为他有一种心理上的天赋,那就是我现在为什么那么惊讶……"

"但你还没有遇到过这姑娘?你不认识她?"

"不,不,我不是这个意思。"卡琳摇头否定,"我根本没在想那姑娘。但达格不会那么狡猾,一句话也不对我们说,却让我们绕圈子去发现这类事情。他一定注意到我们在猜疑,一定知道我们认为他行动古怪。其实,这也伤害了那个姑娘,因为他这样什么也不肯说,会让我们觉得她有什么问题。谁又能责怪我们呢?"

卡琳用疑问的眼光看着诺拉。"你不同意吗?这不是很傻吗?你对他比我清楚得多。"

诺拉也看着她。"我?你认为我对达格更了解……"

卡琳匆匆吻了一下她的脸颊。"这有那么奇怪吗?我的确相信这一点,这就是我要和你谈谈的缘故。我想你也许更理解他为什么这样守口如瓶。"

忽然卡琳似乎有点儿茫然。她握住诺拉的手,捏它。她们相互凝视。诺拉觉得她开始明白了。"是的,达格的做法似乎很奇怪,我也这么想,也感到很沮丧。"

卡琳点点头。"一点儿不错。'沮丧',说得真对,沮丧和被抛弃。"

"但是有人把某些事情守口如瓶,可能有许多原因,"诺拉说,"这件事我直到现在还弄不明白。也许是这样,在把别人卷进来并听取他们的意见之前,先要形成自己的意见,因为别人的意见会搅乱自己的想法。达格本能够向我们解释这事,只是他至今可能还没有想出他自己的意见来。"

卡琳叹了口气,但这是放下心来的叹气。她微笑着,脸上担心的皱纹也平复了。"你们两个黏成一团,你和达格。只要能知道我为此多么高兴就好了。他也会用同样的方式维护你。"

诺拉用惊异的目光看着她。她维护了达格吗?她没有想到这一点,但她显然维护了,这一点真让人有良好的感觉。

现在她看到了一切是怎样联系在一起的。她曾经对他那么失望,而现在她的想法和感觉完全不同了。

卡琳站起来,动动她的整个身体。"和你谈谈多好啊,诺拉。我为这件事真有点儿沮丧了,但你的说法是对的。达格先要形成他自己的看法,他这样做是对的。我现在明白了,我到底不是一个能把想法闷在心里的人。"

她哈哈大笑,然后看到了那袋糖。

"这都是给你的吗?"卡琳问道。

诺拉打开袋子往里面看——水果软糖,是她爱吃的糖果。"谁知道呢?你吃点儿吧。"她微笑着把这袋糖递给卡琳。

就在这天傍晚她跳下了床。她完全好了,再也躺不下去了。她从放打扫用具的壁橱里拿出吸尘器,打扫了整个公寓。卡琳已经抱怨了好几天,说到处都是灰。现在她从图书馆下夜班回来,准会大吃一惊。看到她那张兴高采烈的脸一定很好玩。

第二十一章

水晶鸡心手链

"路德!你又把我领到这里来了?"

诺拉在路当中停下。她带路德出来,但由于太沉浸在自己的思想中了,没注意到它已经把她拉到了那条通向常绿树那边的一座荒废白房子的乡间大路上。

路德又是跳又是摇尾巴,用恳求的目光看着她,很急地喘气,要拉着她向前走。

但是一路上走得那么快,诺拉的腿走累了。她想时间已经差不多,该转身回家了。她拉皮带,但是路德力气大,更加倔强。她只好跟着它再往前走一点儿,结果一直来到了白房子那里。显然一定有什么东西吸引着它。但一步也不能再走下去了,她得往回走了。

房子在树木间已经看得到了。

路德还是拉着她慢慢往前走,诺拉只好跟着。房子比她想的要远,她开始觉得精疲力竭,两条腿差不多是机械地走着。她患了感冒以后身体还很虚弱。血开始在她耳朵里砰砰响,她觉得几乎像聋了。但路德不想往回走,像着了魔似的往前拉。

她以前没有注意到那小路有多么窄,树木伸出它们的树枝遮住了它。这些树枝几乎是光秃秃的,可到现在也早该长出芽来了。一切都是那么灰暗——地面、树木、天空,看上去相当阴森可怕。

天气冷了下来。

现在他们差不多已经到了那里。房子赫然耸现,松树衬着灰色的天空像黑影似的矗立着。

路德到这里来干什么呢?

诺拉停下来,她要转身回去了,因为实在太冷了。但是路德不顾一切地往前拉,她连抗拒的力气也没有了。它笔直地向前走着,拼命地喘气,好像整个变了个样似的。这是怎么回事?

等来到花园,天已经非常冷了。诺拉把一只手搭在园门上,觉得自己再也没有力气了。这是一道绿色的木门,油漆剥落,木头都快烂了。她靠在门上要歇一歇。

忽然附近一个声音传过来,就在她后面什么地方。"英雄!"这是一个姑娘清脆的声音,"英雄!"

谁在叫?诺拉没有看见人。

"英雄!过来!"

诺拉只觉得皮带滑出她的手。她任从它去。她站在那里像麻木了,什么事也不能做。她闭上眼睛,像是在做梦。

她慢慢地睁开眼睛,看到她的手搭在门上。她仔细看它。对,这是她的手,但门已经不是刚才那道门了。在她旁边的不再是那剥落的绿色木门,而是一道黑色的铁门,非常精美,镂刻细致。虽然门两旁还是那两根石柱,但她这时候看到的它们更加干净,不是盖满青苔和经过风吹雨打的样子。她朝周围看,整个花园都变样了。那些常绿树在哪里?

不再觉得冷了。微风吹来——虽然是微风,但吹在她的脸上和她闭上的眼皮上还是凉丝丝的。这是舒服的风。她听到拍动翅膀的声音,抬起头来往上一看,一只夜间出没的鸟飞过花园,消失在树丛之间。

这是深夜,但天色还很亮,像在6月里靠近仲夏。

花园小径一直到房子那儿都打扫过了,像一条轻纱。两只蝴蝶翩翩飞过。周围的矮树丛和树木浓密得形成一条树叶的隧道,小径从当中穿过。

房子的一个窗子开着,她看见一条窗帘在风中飘动。最浓密的树丛围绕着房子,矮树丛开着花。在她身边的两根石柱上放着花盆,花盆里的玫瑰正在盛开。

诺拉高兴地叹了口气。这里是她曾想象的、梦见的、在古画中看到过的天堂。

所有的树木和矮树丛都响起了鸟的歌唱声。她透过打开的窗子能够听到钢琴声,但是钢琴声被鸟的歌唱声湮没了,所以她听不出弹的是什么曲子。

忽然身后传来轻轻的脚步声,她旁边的那道门被轻轻打开。一转眼间她有一种无法形容的感觉——就像一股凉风扑面而来,一下子把她卷在里面,继而又飘过去了。

这时候她旁边隐约响起丁零一声。她低头看到脚边有什么东西在闪亮,她弯腰把它捡起来。这是一根很细巧的银链,系着一颗很小的水晶鸡心。一定是有人刚把它落在这里了。

她抬起头来。在她前面的沙径上站着一个人,一个姑娘,背对着她。现在那姑娘用轻快的舞步开始走向房子。钢琴声响些了。那姑娘穿着一件深色的连衣裙,她的长发梳成一根辫子垂在背后,一只手握着一把黄色的阳伞。

那银链一定是她的。

诺拉要跑进门去追上她,把那链子还给她,但是她办不到。她被固定在她站着的门旁不能动,也叫不出声来。她突然感到一阵恐慌。

那姑娘不再在沙径上跳着舞步向前走,她的手像梦里的样子举着阳伞一动不动,接着又像是梦游者,又像是中了魔法的公主那样向前滑行。

钢琴已经停止了演奏。

转眼间那姑娘也不见了,就像融入白光之中。她的出现和消失都转瞬即逝,快得像梦一样,但诺拉看到了她,在很短的瞬间清清楚楚地看到了她。

她没能看到她的脸,但她有一种感觉,她是塞西莉亚。现在鸟的歌唱声停止了。

又有风了。她周围的一切忽然变了。天堂只存在了一眨眼工夫。

现在树木正在失去它们的叶子,矮树丛正在失去它们的花。风吹打它们,沙径上黑下来了。

房子在远处闪烁着惨白的光。所有的窗子关着,而且死气沉沉。

鸟叫着。树叶从枝头上落下来,干了,在沙径上打着转。玫瑰枯萎了。

变得很静。一切都停顿了。树叶一动不动地躺在沙上,没有叶子的光秃秃的树枝则像僵硬的手臂那样伸在小径上空。

这时候响起狗的汪汪叫声。

诺拉吓了一跳。

她看见从远远的白光那里——树叶的隧道就到那里为止,那姑娘刚才也是在那里消失的——一条黑狗跑过来了。它顺着沙径直奔诺拉而来。

她吓坏了,闭上了眼睛。

这时候又有人叫英雄,但现在这声音非常非常遥远。她听见叫了好几次,这是她先前听到过的同一个声音——这声音等她回过神来时已经记不起了,但似乎听到过。

梦现在过去了吗?

路德正站在门的另一边,抬起了头,天真地看着她。它是怎么到了那一边的?

她打开园门,抓住皮带。又是绿色的木门。路德如今恢复了原样,到处嗅来嗅去。风照旧在常绿树间叹息。

"现在过来吧,路德。"

她把它拉到身边来,关上了园门。他们现在得赶紧回家了。风冷得刺骨,天黑下来了。

诺拉把手插进口袋,她觉得袋底有一样凉飕飕的东西。她把它掏出来,看到是她刚才在园门——不是绿木门,而是诺拉站在那里时塞西莉亚穿过的铁门——那里捡到的链子。

这一定是塞西莉亚的手链,诺拉清楚地听到她把它落下,就在和她擦肩而过的时候。但是她们既然属于两个不同的年代,她也就没有办法把它还给她了。

她把它扣在自己的手腕上。那颗小水晶鸡心在黑暗中发亮、闪烁。

第二十二章

再次拜访胡尔达

"我要给你讲讲阿格妮丝的塞西莉亚。"

过了喝咖啡的时间,老太太们已经回到她们的房间。现在阳台上很安静。

胡尔达看上去在思索。"是的,一个出色的孩子。她不像我遇到的任何人,以前遇到的或者以后遇到的。她那忧伤的小脸,那好动的苗条身材,她是一个令人难忘的孩子。"胡尔达压低了声音,看着诺拉。

"我一直为塞西莉亚担心,赫德维格也是的。有时候我突然想到,她在生活中不会有轻松的日子,这几乎写在她的脸上了。她注定走向悲剧的命运,但对此毫无办法。"

胡尔达叹了口气,沉默下来。

诺拉想,在玩偶的脸上也可以看到她将有苦难的日子。

"是的,甚至在塞西莉亚微笑的时候,她脸上也有使人忧伤的东西,好像她已经猜想到了什么在等待着她。"

但是这一点诺拉不相信。"塞西莉亚一定对于现在比对于将来她会出什么事情想得更多。她不能和她母亲待在一起,又从来没有过父亲。她一直被交给了别人,他们可能怜悯她。"

"不,不是这样的,"胡尔达说,"赫德维格真的爱她。"

"那很好。不过赫德维格有她的艺术,这是第一位的。如果非要她选择不可,她自然不要一个小孩儿。她从来没有一个自己的孩子,但碰到了塞西莉亚,她没有选择的余地。得有个人照顾她,赫德维格一定感到自己有责任。"

"对,她是这样,没有人能否认这一点。"胡尔达赞同地说,"关于塞西莉亚那张忧伤的脸,你极可能是对的。确实,一个人的许多想法后来真会起作用的,因为他早就知道会发生什么事情。"

"发生了什么事情?"诺拉问道。

胡尔达深深吸了口气,看上去很难过。她就要讲的事情是如此悲惨,以至于她开始讲前犹豫了一下。

"她跳舞了吗?"诺拉小心地问。

胡尔达点点头。接着诺拉告诉胡尔达她在她房门口看到的幻象,她怎样看到了塞西莉亚穿着芭蕾舞衣飘过那个房间。对于她形容的那个房间,胡尔达清楚地记得那带镜子的衣橱,塞西莉亚经常对着衣橱上的镜子练习动作。

塞西莉亚从小就对做动作很感兴趣。胡尔达记得塞西莉亚仔细看鸟飞翔,然后学它们拍打翅膀。她知道不同的鸟用不同的方式扇动它们的翅膀。

她能够模仿烟打着圈飘出烟囱。她常常会突然停下来看这样的东西：在风中飘扬的旗子，打开的窗子里飘动的窗帘，暴风雨中摇摆的树枝，飘过天空的云朵……塞西莉亚模仿一切动的东西：人，动物，物件。她对她在四周所见到的动作如此专心致志，几乎让她把世界上的其他东西都忘掉了。

舞蹈对她来说越来越重要。很快，舞蹈对于她就像绘画对于赫德维格。正是在这上面她们两个有共同点，因而赫德维格鼓励塞西莉亚跳舞。毫无疑问塞西莉亚有特殊天赋，应该是有前途的。但自然，她需要训练。

当时城里有一个小芭蕾学校，塞西莉亚在那里学了好几年。作为开始，这是极好的。但从长远看，那里的教学就不够好了。有好几次提到要去斯德哥尔摩，好让塞西莉亚获得她所需要的教导，但总有什么事情阻碍了这个想法。赫德维格一定觉得留在她们原来的地方更安全。如果她什么时候要出国，她能把塞西莉亚交给谁呢？斯德哥尔摩可没有胡尔达。这不是胡尔达要夸大她自己的重要性，而是事实如此。至于搬到斯德哥尔摩，塞西莉亚本人连听也不想听，她要和胡尔达在一起。

胡尔达也不想跟塞西莉亚分开，因此她并不怎么鼓励搬家，实际上她完全反对。

但是为了塞西莉亚，她们还是会不得不搬走的，要不是先发生了一件事情的话。

一位原先在皇家歌剧院的芭蕾演员搬到城里来了,并且开始教芭蕾。他本人停止了演出,虽然他四十刚出头。他舞艺极精,塞西莉亚自然开始去他那里上课。当时她十二岁,但是她身上发生了很大的变化。如果说她以前是大有前途的话,那么如今已是光芒四射了。她飞速地进步着,不久就进了歌剧院的芭蕾学校。也就是说,她可以到斯德哥尔摩去住读了。

赫德维格已经决定不搬走了。当时她经常出国,她认为她住在哪里都没有什么两样。但为了塞西莉亚最大的利益,赫德维格还是建议塞西莉亚到斯德哥尔摩去。

塞西莉亚不肯去。

赫德维格试图让她明白去的道理,这事关她的前途。但塞西莉亚不让步。她强调在现在这个地方得到了她所需要的教导,因此又一次把一切事情推到以后再说。

这是一个错误,但塞西莉亚害怕,她不想失去她已经得到的。这几年她已经成熟起来,她感到自己受到了赏识,对自己的才能有了一定的信心。最后她觉得自己是有出息的,有前途的。她正学习得这么好,她该离开这里吗?她该到陌生人当中去不得不一切从头做起吗?也许她永远不会再成功了。

在斯德哥尔摩竞争的确很激烈,她胆子小,很容易被排挤掉。她很难保证。赫德维格也知道这一点——这就是她不想再说服塞西莉亚的缘故。她知道为了使塞西莉亚充分发挥自己的才能,必须让她一直感觉到自己是在充满善意的朋友当中,而不是在竞争者当中。塞西莉亚就是不够坚强。在她终于开始得到一个机会发展的时候,如今一个挫折就会产生严重的后果。

因此塞西莉亚留了下来,所有的人都松了口气,特别是胡尔达。想到把塞西莉亚一个人放在斯德哥尔摩听天由命,至少可以说,这曾经令她感到担惊受怕。

说所有的人,其实塞西莉亚的母亲阿格妮丝并不算在内。尽管阿格妮丝就住在斯德哥尔摩,但她从来没有说过塞西莉亚在那里可以和她住在一起。胡尔达叹了口气,如果阿格妮丝请她去住,事情就会不同了,但是她没有。

胡尔达沉默下来,直视前方坐了很久。诺拉不想打扰她。最后她说:"如果我们当时猜得到在这里什么正等待着她这可怜的小东西,那么我们一定会明白,不管代价如何,她都得去斯德哥尔摩。但当时谁也没有想到。赫德维格和我两个人都太单纯了,因此这不仅是可怜,而且是可耻。我们一直感到后悔。

"塞西莉亚继续苦干。她开始演出了,每一场演出都是一次成功,接着她在学校里当上了助理教师。她高兴得不得了。

"那位艺术家,那位舞蹈家准备为她做任何事情,帮助她前进。我们认为他是世界上最好的人,从来没有怀疑过他有他自己的打算。但是他有。"

那是1922年秋天。赫德维格要去巴黎整整一年。她告诉胡尔达,她这是第一次安心并高兴地离开家。以前她出门总感到良心责备,因为每次赫德维格到什么地方去,塞西莉亚就痛不欲生,她看上去总是那么孤单苦恼,这刺痛了赫德维格的心。但这一次塞西莉亚不是这副样子。她对待这件事情绪好多了,哪怕赫德维格要出门整整一年。显然她已经找到了生活的目的,她干得很好,觉得很幸福。

　　她们分别的时候流了些眼泪。只有这时候塞西莉亚不快活,但很快她就安下心来,对待这一切意想不到地平静。胡尔达看到这样,自然很高兴。

　　"对,我真傻!"胡尔达皱起了眉头,"我没有感觉出来是有别人在安慰她。你明白我的意思吗?"

　　再也用不着胡尔达睡到塞西莉亚家楼上,或者塞西莉亚到胡尔达家过夜了。塞西莉亚不再害怕一个人睡。胡尔达只要顺便时来看看她,并照顾她吃饭就行了。她们讲定一起在胡尔达家吃饭。

　　但很快就变成塞西莉亚白天没有空回家。她在学校吃饭,胡尔达就准备很好的饭菜让她每天带去。学校在城外不远处芭蕾教师的家里,因此胡尔达并不觉得奇怪,塞西莉亚是想在那里吃中饭,省得在工作时间蹬自行车来来去去。她仍旧在胡尔达家吃晚饭,所以她们天天见面,没什么可担心的。

　　直到塞西莉亚体重开始减轻,样子不快活,胡尔达才盘算出来事情不对头。塞西莉亚向来瘦削和有点儿苍白,但现在变得简直面无血色。事情发生得太快,胡尔达想都来不及想,忽然有一个晚上,塞西莉亚坐在那里拨弄着食物,毫无胃口,用无奈的眼光看着胡尔达。那是胡尔达第一次看到塞西莉亚不对头。胡尔达很难原谅自己原先没有看到,但她受骗产生了安全感,闭上了她的眼睛。那时候她已经有了自己的小女儿,她花了她不少时间。但胡尔达感到自己这样一点儿不加怀疑还是不可原谅的。

她用不着费心去查问塞西莉亚在哪里度过她那些傍晚和夜里,她知道在这姑娘的生活中舞蹈是一切,认为她不在家的那些晚上理所当然在练习舞蹈。但大部分时间塞西莉亚在家,坐在楼下胡尔达那里聊天。有时候胡尔达不在,她还照料一下小英加。没有什么说明有什么不对头。

有一次一个邻居暗示,塞西莉亚晚上并不是一直在家,但胡尔达不相信。她认为这完完全全是流言蜚语,因为她很清楚塞西莉亚是在家,在她的床上。胡尔达不想听这类话,她从来没有想到去查看一下。

但是当她发现塞西莉亚简直什么东西也不吃的时候,她开始不放心了,开始调查了。她疑心塞西莉亚在节食。为什么?她已经瘦得像根竹竿。跳舞蹈的人自然不大吃,但是塞西莉亚是在饿自己。为什么?

塞西莉亚却归咎于胡尔达给她带的午饭太多,她就吃不下晚饭了。但胡尔达不相信她的话。她猜想是别人把那些东西吃掉了,塞西莉亚自己肯定没吃多少。她回家时午饭篮总是空的,塞西莉亚却越来越瘦。这讲不通。胡尔达很气恼。谁脸皮那么厚,吃了塞西莉亚的午饭,同时眼看着她体重减轻和瘦弱下去呢?

真会是那著名舞蹈家吗?是他让她相信,为了舞蹈她得节食吗?他能是这样的畜生吗?

"噢,对,我对他,对那名人十分怀疑,但我从来没有想到那最可怕的事情,"胡尔达痛苦地说,"我一秒钟都没有怀疑到这件事情。我为了几块夹肉面包气得团团转,而事实上完全是另一回事。当时我就是那么天真轻信。"

胡尔达摇头并看着诺拉,接着她睁大了眼睛。"你手上是什么?"

诺拉正在心不在焉地玩弄着手腕上戴着的银链上那颗小水晶鸡心。胡尔达认识它。诺拉告诉她这颗小水晶她是怎么找到的。"它是塞西莉亚的,对吗?"

"对,"胡尔达点点头,"她是在生日那天从他那里得到的,7月12日。那天晚上她带着它回家,高兴得红光满面。我记得烤了一个蛋糕,上面插了十七根蜡烛。我们开了个小晚会。我拍了照片寄给在巴黎的赫德维格,信中写了晚会和手链。后来她用这些照片中的一张给塞西莉亚的脸画了一幅小肖像。你看见过它了,对吗?她把它放在一个小银盒里给玩偶挂着。"

"噢,对,我看见了那幅小肖像!背面写着**塞西莉亚,17岁**,还签上了**HB1923**。想不到它是根据你拍的照片画的!"

"噢,是的,用我那老式方镜箱照相机拍的。"

诺拉把银链摘下来,举到光线下。那颗小水晶鸡心闪闪发亮。"可我怎么会找到它的呢?你明白这个道理吗?"

"她把它丢了,正像你知道的。"胡尔达看着诺拉,就像这是世界上最显而易见的事情,"对,当时这叫人极其难过。我们全都去找它,但它不见了。她在她生日那天得到它,只有几个礼拜就把它丢掉了。"

胡尔达用责怪的眼光看那手链。"它并没有给她带来幸福。我一点儿也不喜欢它。那滴水晶看上去不像别的,而更像是一滴眼泪。"

"我倒没有想到这一点。"诺拉重新把手链戴上。

"但我看到了!"胡尔达十分严厉的样子。她一声不响坐了好大一会儿,脸变得越来越严肃。

"你知道,塞西莉亚怀上孩子了。她挨饿是想不让自己显出肚子来,而不是像我所相信的那样为了舞蹈节食。还不止这样。塞西莉亚束腰。她的腰根本没有变得特别粗,但她弄来一件紧身褡,勒紧了她的肚子,有多紧勒多紧。整个怀孕期间她根本没有露出过怀孕的样子。我什么都不知道,直到她要生孩子了,再也不能隐瞒了。真奇怪。

"忽然塞西莉亚要到斯德哥尔摩去,但她不肯说为什么。那是晚夏。最后发现她原来是去看阿格妮丝,她的母亲。我觉得这更奇怪了,毕竟她们是毫不往来的。

"塞西莉亚可能想,阿格妮丝是现在唯一应该能理解她和帮助她的人。这倒不大是因为她是她的母亲——她不指望因为这个——而是因为阿格妮丝也有过塞西莉亚如今相同的处境:她也未婚先孕。她必须偷偷生产。塞西莉亚自己就是这样来到这个世界的。

"这就是她这时候指望阿格妮丝的缘故。

"但是她受到了冷落。

"阿格妮丝吓坏了。她给了她一点儿钱求她回家来,甚至不肯留她过一夜。她告诉她上我家来。不管怎么说,这可能是最好的办法。

"塞西莉亚当天晚上回来了,这时候我第一次听到了整个故事。这来得像晴天霹雳,但都只能怪我自己,我早该睁着眼睛。

"从另一方面说,我们对这著名舞蹈家全都有那么高的评价,各个都认为他是那么个好人,因此我从来没有怀疑过他。

"赫德维格也认识他,有一阵我几乎以为他们两个可能合得来,这更自然,他们到底年龄相仿。但是赫德维格有她自己的志向,大概对男人没有兴趣。

"结果竟是塞西莉亚。这当然是赫德维格做梦也没有想到的。她和那舞蹈家曾是好朋友,他们有相互的兴趣，有许多话可以谈。赫德维格常到他家——自然半是去看塞西莉亚跳舞，半是去画画。她画了几幅他家花园的画。"

"对了，你也到过那里，对吗？"胡尔达看着诺拉，"因此你知道它是什么样子。那时，它被称为贝阿特堡，它是那么浪漫、那么美丽。"

诺拉点点头。"我在我的幻象中见过那地方的原来样子，树木繁多，鲜花盛开。但现在，原来的样子所剩无几了。"

"我知道。我听说过它荒芜得可怕，非常阴暗。但那是有道理的。我以后再说。

"于是我那一次像其他时候一样照料塞西莉亚。我找到了一个助产士，孩子诞生时我在场。那时候孩子都是在家里生的，因此就在塞西莉亚的公寓里。就我们三个人，我、塞西莉亚和助产士。孩子的父亲在此之前度假去了。

"那是个男孩。给他取名叫马丁。他活下来了，但他的母亲，我们的小塞西莉亚，没有。她太虚弱了，没有力气忍受下去。她就在当天深夜去世了。"

胡尔达默默地坐了很久。诺拉也沉默着，喉咙里打着结。塞西莉亚甚至最终也被抛弃了。他怎么能去度假？如果不是胡尔达在那里照顾她，塞西莉亚会不得不孤零零地一个人死去。

胡尔达沉重地叹气。"赫德维格从来没有为这件事责备过我,一次也没有。有些事是没有办法的,一个人不能老照管着别人,赫德维格这样对我说。她不认为我有责任,但是我一直觉得我有责任。每天我对着这个姑娘……而我什么也没有看出来。"

诺拉举起那颗小水晶。现在她也看出了它像一滴眼泪。"也许塞西莉亚不想再活下去了?"她大胆地说出来。

"对,很显然她不想了。"胡尔达的口气听上去很气愤,"但还不是那时候,不。她对生活的激情肯定会恢复的,还有她对舞蹈的渴望。我确实知道这一点。只要她及时得到帮助,她不会那么轻易放弃。"

"那孩子怎么样了?那小马丁?"

"赫德维格给他做好了安排。她自己不想要他,她不想再一次为一个不受欢迎的孩子担负责任。我也不想。再说我自己的孩子需要我。由于发生的所有事情,我几乎把我自己的小女儿给忽视了。但把小马丁弃之不顾,赫德维格和我都感到良心责备。最后,赫德维格给这男孩找到了乡下一个很好的寄养人家。"

"他的父亲不能要他吗?"

"他?"胡尔达想到这件事哼了一声,"他?他会照顾任何人?哼,不。相反,那舞蹈家回到家来表现得极其戏剧化。他哀号说这是一个大悲剧。后来,当然是在已经太晚了的时候,他说他本来是要娶塞西莉亚的,还说他本来要承担责任,却不知道孩子那么快就出生。

"他是这么说的,但是很难说该相信多少。在整个表演后面自然也有些真实感情。无可否认,他曾热爱过塞西莉亚,他的绝望也许是真的。正因为这样,才有那么滑稽的样子。看来,他觉得最可怜的是他自己。他所表现的一切都是戏剧化的——拉扯他的头发甩他的双手,大大地表演了一番。

"他不是做点儿有理智的事情——比方询问一下那孩子——而是冲进他的花园去捣毁它。他像个疯子那样发火,砍倒每一棵树、每一棵灌木,践踏花坛,毁掉每一朵花。

"他曾建立起来的天堂,现在要把它毁掉,改种他能找到的色泽最暗的树木。这是他为塞西莉亚竖立的纪念碑。快活幸福的住宅被改变成永恒悲哀的住所。随后他离开了,还用这主题编了一个芭蕾舞剧。顺便说一句,人们说那是一个成功之作。"

"因此,看来他是用他自己的方式在哀悼,"胡尔达说,"但我不知道该相信什么好。不管怎么说,他没把什么留给他的儿子。马丁被遗忘了。"

"他从来没有为马丁做什么吗?"

"没有,他在做完他那种哀悼时离开了这座城市。事实上,他离开了这个国家,到丹麦什么地方去了。在这城里再也没有看见过他。"

"那么马丁呢?"

"马丁成了一个有问题的孩子。他是一个不安的灵魂。收养他的人家一点儿没有错,但马丁不断地出走。他年纪很轻就交上坏朋友出海。后来他尝试过做各种事情,写过些文章,想当一名记者,但他什么事情也做不长。有一阵他想当一个演员,但是他喝上了酒,最后大概是喝酒喝死的。他临死时住在斯德哥尔摩。幸亏他终身不娶,但有人说他在什么地方有个孩子。我听说他去年酗酒好些日子以后倒地死了。

"对,塞西莉亚的儿子后来就这样。"

又有一个要人收养的孩子,诺拉想。事情重复了又重复……

"那么谁收养了马丁的孩子呢?"

这个胡尔达就不知道了。她的口气听上去累了,她说:"最可能是母亲。据说马丁几乎不关心这事。他从一开头就受到太大伤害了。"

"但是他关心'英雄'。"胡尔达忽然说。

"英雄?"诺拉的眼睛睁大了。

"对,那条狗。舞蹈家有一条大狗,塞西莉亚一直照顾它。那是一条很好的黑色德国牧羊犬,善良,聪明。塞西莉亚死的时候它和我们在一起,因为它的主人去度假时她在照顾它。它明白发生了什么事情,你从它的眼睛可以看出来。那天深夜,当一切都结束了的时候,它忽然来到我身边,把它的头靠在我的膝盖上想尽它的力量安慰我。

"'英雄'陪着马丁到寄养的人家去。芭蕾老师不要这狗。他认为'英雄'太使他想起快乐的日子了,这样一来,他不能在看到它时而不表演一番。

"马丁和'英雄'一起长大,一直跟它难舍难分。马丁一天有'英雄',一天就没有问题。但狗不是长生不老的,它们只能活那么久。'英雄'渐渐老了。当它死的时候,我听说马丁伤心极了。麻烦就从那时候开始,马丁像是一直受着多动症的折磨,只想出走。"

胡尔达摸索诺拉的手。她有点儿哆嗦。"这些都是痛苦的回忆,"她轻轻说,"但现在,诺拉,关于阿格妮丝的塞西莉亚,你知道的和我一样多了。"

她停下来想想,接着说下去:"我一直责备自己抛弃了塞西莉亚的孩子,想到马丁一直使我痛苦。但我所能做的是从远处追随着,好像我已经没有精力再操心了。"

她又沉默下来想心事。"我不可能知道所有的事情,事情一定还有更多。但是你,诺拉,你得给自己去查清楚了。"

胡尔达捏捏诺拉的手,诺拉也捏捏她的。

"我会的,胡尔达。我不打算罢手。我一定要查出来塞西莉亚要我做什么。"

第二十三章

一封没有寄出的信

诺拉在坟墓间找了很久。

胡尔达说过塞西莉亚葬在这里的旧墓地。在搬到城外的家以前,胡尔达经常到这里来,后来就不来了。她不认为再会有人上塞西莉亚的墓地来,因为已经没什么人认识她了。

胡尔达要诺拉替她送去紫罗兰。这是塞西莉亚心爱的花。诺拉到墓地之前,给自己采了一束春天的鲜花。

空气中洋溢着春天的气息,太阳在天上浮云之间飘行,到处响着和谐的声音,鸟儿唱着越飞越高。这个时候,墓地没有多少东西使人想到死亡和腐朽。这是一个活人的日子。

最后诺拉找到了她要找的墓。在一个绿色土墩上立着一块灰色的长方形小墓碑,上面写着:

塞西莉亚·比约克曼
*1906　12/7　✝1923　14/9

赫德维格·比约克曼
*1886 7/3

看到赫德维格的名字也在墓碑上,诺拉吓了一跳。上面只有她出生的年月,少了她的去世日期。接着诺拉明白了这是赫德维格决定将来有一天也长眠于此。

关于葬礼,胡尔达曾给她说了一点儿。阿格妮丝坐火车来了,但洒了几滴眼泪,又坐下一班火车走了。她连跟赫德维格和胡尔达回家的工夫都没有。舞蹈学校的学生来了,但芭蕾老师本人没有来。他还在外面。后来他回来了,种上些柏树,最后还表演了他那个悲剧角色。

墓旁已经不再有那些柏树,赫德维格把它们掘掉了。她和塞西莉亚都不喜欢柏树。

这个墓也是塞西莉亚故事的一部分,所以诺拉要来看看它。故事到此结束,这个被遗忘的地点由墓地管理人保持得十分整洁。

不过还没有完全被遗忘!

已经有一小束春天的花插在一个花瓶里,鲜艳夺目,和诺拉带来的那束花没有两样。花带着露水,很新鲜。一定有人刚来过不久。

这会是谁呢?

照管墓地的人不会采春天的鲜花并把它们放在墓上,一定还有人在关心塞西莉亚,是胡尔达所不认识的人。

诺拉带来了两个花瓶,她把胡尔达的那束花和自己的那束花分放在那个陌生人的花的两旁,然后匆匆回家。她还有许多事情要做。

明天她要去斯德哥尔摩和外婆谈谈。她打电话去的时候,是外公接的电话。他问道,她不要也跟他谈谈吗?他这是在开玩笑。但她说这是件重要的事,这事外婆一定最清楚。"那是什么事情呢?"听上去外公很好奇,但在电话里诺拉没法讲。不管怎样,她是受欢迎的,同时讲定她去得越早越好,这样他们可以在一起待上一整天。"那么,你可能还有一丁点儿时间留给我。"外公说。

实际上她真不知道跟外婆说什么好,她得先想清楚。

她一进自己的房间,就看到衣橱门开着。有人来过吗?她关上衣橱门,从壁龛里拿出塞西莉亚。她们得有个机会互相想想谈谈,也许这样诺拉就知道该跟外婆说什么了。

她抱着玩偶在写字台旁边坐下。这时候她看到衣橱门又打开了。

多么奇怪!她站起来去把它关上。但等她回到写字台旁边时,衣橱门又打开了。

她没办法不理它,看它开着让她感到不舒服,因此她第三次去关衣橱门。但这一次它马上又打开,她甚至觉得在她关衣橱门的时候有阻力,就像有人站在门的另一边推着门似的。这不可能。她把全身靠在门上,用尽力气去顶,总算把门关上了。但她一放手,门马上又打开了。

到底怎么回事?

最后她发现是因为有东西顶着:衣橱底部有个盒子。她弯腰把它推进去。盒盖落了下来,盒子里塞着满满的东西。诺拉得把它拿出来重新整理一下,好让盖子能盖回去。

那是个什么旧盒子呢?里面都是碎布片。

哦,对了,这就是安德斯修房子时在她的上层壁橱里找到的那个盒子。她把盒子拿到写字台上。就在这时她偶然看了一眼塞西莉亚,看到坐在一摞书上面的玩偶脸上有一种迫不及待的表情。当诺拉把盒子放下来的时候,它那小脑袋向前俯下,像是要低头看看盒子里面,同时一条手臂伸出来指着,像是要给诺拉指什么东西。

诺拉开始在布片里起劲儿地翻找。

一朵黄色的绢玫瑰花,她曾经在哪里见过?一条蓝色丝带,这不可能是真的!一块做塞西莉亚连衣裙和帽子的同样的布,还有一些小块的花边。

诺拉把它们一一拿出来放在写字台上。还有许多她不认识的东西,但那朵绢的黄玫瑰和那根蓝色的丝带,她在塞西莉亚跳着舞飘过房间的幻象中见过;另一块布使她想起塞西莉亚撑着阳伞在花园里走时所穿的深色连衣裙。

一直翻到盒底,她找到了一个发黄的信封。信封上没有字，也没有封口。她的心怦怦直跳。信封里面有一幅铅笔速写像——一幅仔细画出来的男人肖像——还有一封显然从来没有寄出过的信。尽管没有收信人的名字，但她仍然感到自己在侵犯别人的隐私。她又把它放回去，但这时候她看到了玩偶的脸上充满了激动的期待神情。它没有禁止她去看信的内容，相反，塞西莉亚的样子倒是希望她去看。

诺拉拿起那幅速写，仔细看那男人的脸。下角有个签名：HB1922。那么，这幅速写是赫德维格画的。①

画上那人大约四十岁，也许岁数更大些。他有一张奇怪的令人不安的脸，鬈发下有一个高高鼓起来的前额，留着鬓角和山羊小胡子；鼻子很高，但嘴唇厚，缺少刚毅之气；眼睛很大且异常明亮，但看上去有点儿疲倦，也不快活。

诺拉猜到了这是什么人，他只能是那舞蹈家，信可以证实这一点。她打开信看起来：

我亲爱的：

　　今天是你走后的第十九天，离开你暑假旅行回来还有许多许多天。我想了很多，也写了许多封信给你。但这些信我马上又撕掉了，因为我不知道我写下来的是不是真话。我只想给你真话。

---

①HB是赫德维格·比约克曼(Hedvig Björkman)的缩写。

我的生活真正改变了。

我整天在下面胡尔达家和小英加在一起,胡尔达在韦斯廷家干活儿。然后到了吃晚饭的时候,我老是觉得胡尔达的眼睛在盯着我看。她说看我的样子很疲倦很不舒服,但是她什么也没有怀疑,我也不想让她担心。我的身孕仍旧没有显出来,我对此感到得意。我不想让肚子大起来,体形变得不像样子,不过我还是尽量吃饱,免得孩子为此受苦。

胡尔达已经为我做了那么多的事,这一次我要自己找到一个解决办法,但我还没有找到。在这件事情上我感到那么孤独,就像我在所有其他事情上一直感到的那样,这时候所有同样一些旧事又重现,每一件使我一生都感到痛心的事情。

当我感觉到缺少什么的时候,我总想这是我所思念的你。写给你的信说的都是这件事——我对你的思念,我对你的惦记。那就是我不能把它们寄给你的缘故。因为现在我知道,这根本不是真的。

噢,我心中的孤独啊,没有人能把它排解!你也不能。现在我知道了,我从一开始就享有其权利而被剥夺了的东西是我感到孤独凄凉的根源。

你的远行曾使我那么紧张,因为它使我在两个重要的月份里不能和你在一起,但它是有用的,它使我确信了一些事情,否则我是永远不会相信的:

我的忧伤、我的需要、我的渴望和你毫无关系。

国际大奖小说

有好几天我根本不想你,只除了想该怎样把这事告诉你。

噢,这真话是可怕的!我不知道谁将最痛苦,是我,我必须写出我的心不再惦念你,抑或是你,你必须读到这些话。我只知道这些话必须说出来,也不管它们会多么冷酷。

我很想哭,但是我不能。

我在这里写的时候,英雄的头靠在我的脚上。它使我感到安全。与此同时,我记得当英雄第一次到你那里时你的快乐,你给它你所有的关心和爱护。但只有开始那几个月,然后你失去了兴趣,于是我得照顾它。这时候英雄伤心了。当时我觉得你多么奇怪啊。你是个什么样的人?我不是说你待我也这样,完全不是,你一直对我温柔体贴,爱我,我没有什么可抱怨的。

但我一想到我很快就要生的孩子,他也是你的,这时候我马上觉得你并不想要他。

你在旅行中常想起这孩子吗?我问自己。回答是"根本不想"。在你的来信中你问起我的身体,但从来没有提到过这孩子。

因此这孩子将是我的,我将永远不抛弃他,像我小时候曾被抛弃那样。现在我要单为这孩子而活着。当我想到我最后将要把一个需要我就像我需要他那样的生命抱在我的怀里时,我心中就充满了欢乐。

　　我的孩子将是头一个我跟他在一起时能感到既平等又贴心的人。因此,我将献出我的一生来把这种感情回报给这孩子。我相信,只有到那时我才能解脱被遗弃的那种永恒感觉。

　　对,我们,我的孩子和我,在一起将非常幸福。

　　我把赫德维格去年春天画的你的像附上。当时你要它,但我舍不得。现在我很高兴这样做。这幅速写是你的!

　　赫德维格对你比我对你更了解。当我看画像上你的脸时,我明白了这一点。它太像你了,但我再也认不出你来,也许因为我自己已经不是那时候的我了。

　　你,你那满是玫瑰的花园,舞蹈……

　　这一切只是一个梦,但我觉得我不能再做梦了。噢,我不能依然是一个很小很小的孩子,只满足于听听童话……

　　信在句子的中间结束了。它没有写完,从来没有寄出去,也没有署名,但诺拉知道它是谁写的。

　　她发抖,这是一封感人肺腑的信。她本能地把玩偶拿起来,把它紧紧地贴在胸口。她一只手托住它的小脑袋,把它的脸转向自己的脸。

　　玩偶塑造的是十岁时的塞西莉亚,七年以后她要死了。当她写这封信的时候还不知道她将要死去,不像是有任何预感。信没有日期,但写的时间不会离死期很远。也许几个礼拜,也许几天。

这样说来,孩子的事塞西莉亚还一点儿没告诉胡尔达,她想亲自设法处理,因此她上斯德哥尔摩去找阿格妮丝。她是完全准备抚养这孩子的,但她没想和孩子的父亲结婚。她并不如胡尔达认为的那样是由于他而如此不快乐,至少写这封信的时候不是这样。

但是这封信没有寄出。为什么?口气是那么平静和坚决,一点儿不像会改变主意,也可能她想等孩子生下来以后再寄。事实上,事情到底不是那么简单,她会使孩子失去父亲。

不错,他说过他不要这孩子,但她对他做出判断不会是太匆忙了吧?等孩子生下来,他也许会改变主意?塞西莉亚大概认为,他一旦能够说他不要她的孩子,就不能指望他了。她不敢依靠他,这是可以理解的。

这件事她既没有跟任何人商量过,甚至包括胡尔达,也没有寄出这封信,这里面一定有什么道理。

诺拉把身体俯在玩偶上面。它小脸上的表情似乎难以捉摸,凝视的目光模糊不清,好像它已经躲避到内心里。

接近塞西莉亚一定很难。也许正因为这个缘故,赫德维格才做了这个玩偶?

诺拉绘画不太好,所以当她想画个什么人,比方达格的时候,就得更好地认识他。这跟用语言形容什么人或什么东西相似。你必须知道得更多,你要看到什么在表面下、在很小的事情后面活动,你要睁开眼睛等着看那些一般眼睛通常看不到而可能存在着的东西。当你描画或者形容的时候,你似乎会看得更清楚一些。

但是赫德维格从来未能完全了解塞西莉亚,这从玩偶的脸上可以看出来。所有的问题都在那里,但是没有答案。正是这个使得这张脸如此异常的真实和生动。

一个人从没有办法完全了解另一个人。

达格会说:"问题是:有什么答案吗?答案是:除了问题什么也没有。"

塑造这个玩偶证明了赫德维格的爱。但如果塞西莉亚是她亲生的孩子,她会塑造这个玩偶吗?

这些是古怪的想法。

明天她要问外婆些什么呢?

国际大奖小说

第二十四章

塞西莉亚是外婆的姐姐

他们吃完中饭以后,外公站起来收拾桌子。

"你把杯子留在这里吧。"外婆说。

外公点点头,去看茶壶里是不是还有茶。他要离开她们,好让她们安静地谈话。他踮着脚尖绕桌子又走了一圈,看是不是不缺什么了。经过时他轻轻拍拍诺拉的头,给外婆的脸颊一个吻。"好了,现在我不打扰你们了。"

他走出去,关上了门。

外婆对诺拉微笑。"好啦!你可以告诉我,什么事这样重要?"

沉默。诺拉不知道怎么开始好。她本以为她能够开门见山的,但还是鼓不起这个勇气。

外婆用闪亮的眼睛看着她。诺拉突然觉得,她还从来没有见过有人眼睛像她外婆的那样闪闪发光的。尽管她老了,但她的眼睛依旧像孩子的那样闪烁。外婆自己也知道。她走路总是把头抬得高高的,那双眼睛就像人们佩戴着的向人炫耀的珍宝。

但外婆受不了这种突然的沉默。她慌了,以为自己有什么不对头。所以当诺拉还没说出一个字的时候,外婆先开了口。"你在新公寓里怎么样?我想象得出来,这一定是一个大变化。不是有大量扫除工作要做吗?对,你要帮着干……"

外婆就这样自问自答地说了一阵,这时候诺拉还在继续动脑筋。忽然之间,诺拉明白她该说什么了,要让谈话回到她想要谈的话题上去,就只能联系那公寓来讲。

"你知道塞西莉亚曾经住在那里吗?"

"塞西莉亚?"外婆摸不着头脑。

"对,塞西莉亚·比约克曼,你的同母姐姐。"

外婆咬着嘴唇,看上去很不愉快。

"你是什么意思?你说塞西莉亚曾住在哪里?"

"在我们的那幢公寓里。"

"真的?是这样?但这么多年来,不是有很多人在那里住过吗?"

显然,外婆想避开这个话题,但诺拉不打算让她那么容易滑过去。"为什么你不想谈谈塞西莉亚呢?"

"我亲爱的孩子,我从来不认识她。她去世的时候我太小了,只有五岁吧,我想。她活着的时候我们一点儿没有来往。"

"你从来不认为这很奇怪吗?"

"不,我为什么要认为奇怪呢?而且是赫德维格姨妈从一开始就照顾她。塞西莉亚比我大得多,整整十二岁。我们没有共同之处。"

"为什么没有?"诺拉激烈反对,"我不怪你——你太小了不懂事。这一点我明白。但是你的母亲,阿格妮丝,应该知道,你和你的姐姐应该相识。岁数差别不是理由,同胞姐妹彼此关系很紧密,谁也没有权利把她们分开。"

"但塞西莉亚从小就是一个非常难对付的孩子,"外婆解释说,"她的亲生母亲没法子对付她。赫德维格姨妈对她了解得多,因为赫德维格也不是个好对付的人。她们两个都古怪。"

"这是谁告诉你的?"

"可我亲爱的孩子,"外婆用她美丽的眼睛看着她,"那时候所有的人都知道,赫德维格是个少有的执拗的人。她不坏,但是古怪。我就是一个一直有点儿怕她的人。"

"你真会怕一个你不认识的人吗?"

诺拉知道自己带有责怪的口气。她现在在苛刻地对待她的外婆。"不是每个人都有自己的脾气吗?阿格妮丝没有?"

"阿格妮丝?"外婆扬起她的眉毛,诺拉明白她不高兴诺拉称呼她的母亲作"阿格妮丝"。

"对。曾外祖母。反正她抛弃了塞西莉亚,她的亲生孩子,这不是事实吗?这不古怪吗?"

外婆深深吸了口气,望到别的地方去。诺拉感到她

现在得控制自己了,也许她已经走得太远。

"我真觉得,你不该用这种绝对肯定的话来谈你一无所知的事情。对这些人中的任何一个,说到底你还都不知道。"

诺拉正要回答说她当然知道——她知道塞西莉亚,但她转念一想,觉得这样说不是个好主意,还是换一个话题,让外婆安静下来好。她感到外婆这时候正在保护自己而反对她。

"赫德维格现在一定非常老了。"她改口说。

外婆点点头。"噢,是的,她有九十多了。"

"她住在哪里呢?"

外婆摇摇她可爱的头,她的脸变得很严肃。"赫德维格一直有一个不安定的灵魂。她周游世界,但几年前她突然想到回家来住在瑞典。那的确是时候了。我们想,她一定是想晚年住在这儿的家里,死在这儿的家里。

"但几年以后她厌倦了,又走了,尽管她买了一座小公寓,给自己装修好了。大家本以为她会最后安顿下来过安静生活了。

"人们认为她是想要休息一下,这一点儿也不奇怪。都那个岁数了!九十岁了!但她的灵魂一定不知道安定。她又走了,有一天她一起来就走了。"

"但她住在什么地方呢?"

"我想是在法国。在这里她再没有任何关系了。去年冬天她忽然回来了两个月,卖掉了她的公寓。她回来只为了搬家,永远离开瑞典。我遇到过她,只有很短的时间,看上去她跟任何人都没什么接触。她似乎不想见人,没有根。她住进了旅馆,后来在复活节前走了。她没有打算再回来。"

外婆叹了口气,拉平桌布,把花和蜡烛架移动了一点儿。"你要再来点儿茶吗?"

"是的,谢谢。"

她给她们两个斟了茶,把糖盅递给诺拉。"不,我亲爱的孩子,事情自然不总是像年轻人想的那么容易。我母亲是个了不起的人,我希望你知道这一点。"

诺拉没有回答,她喝她的茶。

"不可能想象出一个更好的母亲了。"

为了使自己不把到了舌尖的话说出来,诺拉大大呷了一口茶。塞西莉亚一定有不同的意见,她能够想象出一个更好的母亲。但外婆说完她一连串的想法,没有被打断。

"不,谁都不能不这么说!"她用力地放下茶壶。忽然她叹了口气,遗憾地说,"但是可怜的妈妈不是一直很好过的,塞西莉亚的父亲抛弃了她和孩子。"

诺拉点点头。她知道他们没有结婚。外婆匆匆看了她一眼。

"这不是我可怜妈妈的错。在那些日子里,这是一个可怕的不幸。经历过这样的事,是很不容易使自己振作起来的。"

"我知道,这是一个丑闻。"

诺拉的本意只是说她明白,但"丑闻"这个字眼儿吓得外婆缩起身子。她不愿意把它和她心爱的妈妈连在一起,所以她装作没听见。

"就这样,妈妈终于鼓起勇气,重新站了起来。因此我尊敬她。"

对,只因为阿格妮丝那么聪明乖巧,所以她后来的生活万事顺利。

"她甚至找到了一个好人——我的爸爸——他敬重她的为人之道。"

但她的孩子却不,诺拉想,同时竭力保持沉默。没有人真正敬重塞西莉亚的为人之道。

也许诺拉内心的想法都写在脸上了,外婆叹了口气。

"塞西莉亚到底不是爸爸的孩子。不能因为她没有父亲,就要求我爸爸照顾她。可怜的妈妈被利用和欺骗了。"

"你知道塞西莉亚的父亲是谁吗?"

"不,我认为这不是我的事。"

外婆坚定地摇摇头。诺拉看着她,觉得这场谈话几乎谈不下去了。外婆好像戴上了眼罩,在她的头脑里只有一个想法:维护自己的母亲。她不知道她这样做是对其他人不公正。她完全忘记了,如果她的妈妈没有一直关心这事情的赫德维格和胡尔达,事情对她来说也许不会这样顺利。外婆的推理那么片面。

她害怕地看着诺拉。自然,她不知道这一切正在引到哪里去。对她来说,这些都是没有人会去刨根问底的痛苦旧话题。它们是人们避而不谈的。

"我不是在说任何人的长短。"她重复说,"正如我说的,我不是在说任何人的长短!"她用她闪亮的眼睛看着诺拉。诺拉明白,她的意思是说这类流言蜚语是有失她身份的。

"我也不是,外婆,"诺拉用温和的声音说,"不过有些事情我必须弄清楚。"

外婆畏缩了。她不想弄清楚诺拉需要知道的事情。她想说两句既能掩饰事情又能使双方都好过些的友好的话,从而结束这种谈话。她们干吗要坐在这里苦苦追查过去的事,追查早该忘记和埋葬掉的所有不愉快的事,把一整天糟蹋掉呢?

但是诺拉不罢休,她这会儿仍不肯放弃。"我昨天去了塞西莉亚的墓。我原以为没有人会去那里,但墓上有一大束春天的鲜花,这说明一定有人在我之前去过那里了。我不知道那会是什么人。"

外婆扫除台布上看不见的面包屑。"这个我不知道。但有人记住她,那太好了。随便什么人都有可能。不要问我。"

诺拉摇摇头,为她的外婆感到难过。但无论怎样诺拉也不相信,塞西莉亚墓地的鲜花是随便什么人放上去

的。

"你并不真的相信是这样的,对吗?"

沉默。

外婆坐在那里扫面包屑。这件事情她不想刨根问底。对于她来说,现实生活中的事应该只求在表面上过得去,而这表面也应该是让人感觉舒服的。她可以花很大工夫去擦亮表面,只要她不用去对付隐藏在表面下的东西。诺拉现在明白这个道理了:外婆喜欢闪闪发亮的表面,一方面是因为她能在那上面照见她自己;另一方面是因为它能诱使别人相信,它所隐藏着的一切也同样可爱和完美。

诺拉很希望她现在能不再烦扰外婆,但是她没办法做到。"塞西莉亚遇到了和她母亲——阿格妮丝——同样的命运,"她说下去,"塞西莉亚也有一个未婚生下来的孩子。我知道她死了,但是我听说那孩子活了下来。"

外婆没有回答。她用双手起劲儿地抹平台布,不去看诺拉。

"他的名字叫马丁。没有人照顾他,因此他被送去寄养。"

外婆拨弄台布。"你必须原谅我,这件事我一点儿都不记得了。我太小,只有几岁。"

"我不是盼望你记得所有这些事,只是想告诉你我所知道的。我想你一定听说过这些事。"

"依我看,现在也没什么可打听的。过去做的事已经做了,什么也改变不了。"外婆的双手离开台布,用责备的眼光看了诺拉一眼,她觉得她终于找到了适合在这种场合说的话。

诺拉伸出一只手摸摸外婆的胳臂,恳求地看着她。"是的,已经发生的事无法改变,但是可以设法防止悲剧重演。"

外婆害怕的目光游移不定。诺拉完全看得出来她担心的是什么。

"不,我没有怀孕,你用不着担心。请不要以为这是我来的原因。"

外婆哈哈大笑,放心地叹了口气。"那就好。现在你要说什么?"

"我知道马丁已经死了,但我听说他有一个孩子。我只想知道关于这孩子你知道些什么。那孩子在哪里?多大了?就这些。"

"就这些?"外婆微笑,但不是因为她能理解诺拉为什么要知道这个。她想到年轻人有时候就是这样的,她从而感到放心。现在她要给予足够的理解,好让这不愉快的事尽早结束,问题是要解释得越少越好,因此她很乐意谈马丁。很不幸,他是个不中用的人。他遗传有一定的艺术天赋,但根本没有性格,因此一事无成。

外婆不认识他,也从未见过他。马丁对家人根本没有兴趣,家人对他也是如此。他有收养他的父母,他们是极好的人,和他在一起日子很不好过。最后他完全堕落

了,死时身无分文。

外婆冷静下来,沉入思索。她实在不知道该怎么说下去,因为她不想让事情变得太引起兴趣,她的责任是让诺拉远离这些人。但诺拉问到马丁的孩子,既然她知道了,外婆只好回答。"对,马丁确实有个孩子。这就是说,他终于承认他是父亲,但他不把孩子放在心上。他始终没有和孩子的母亲结婚,真是谢天谢地,那永远不会有好处的。"

"为什么?为什么不会有好处?"

"这有许多原因。马丁比那碰巧让他遇到的可怜姑娘至少大二十岁。她出身非常普通。她的父亲是个意大利人。这姑娘甚至还没生下来,他就回意大利去了。她的父亲自然也没有跟她母亲结婚。她的母亲后来和另一个男人去了澳大利亚,那姑娘由她的外祖父母收养。他们姓恩格,肯定是正派人。但马丁遇到她的时候,他们已经去世了。因此她在生活中很孤独,这使她极其难以摆脱——而且疲惫。

"我见过她,因此我知道我在说什么。她像条蚂蟥,我被她缠了好一阵子。为了保护我自己,真花了难以置信的力气。"

"你这话是什么意思?"诺拉不明白,但在她的脑子里一个回忆在慢慢苏醒。

"好,我来告诉你。她这个人厚脸皮,硬闯进来,完全不体谅人。她会随时在这里出现,也不管人家怎么说。她简直不顾一切。"

"但她想要什么呢?她一定想要什么。"

外婆这时候感到更自信了,显然诺拉正在认真听她说话。"很多,她想要很多。她缠住我们,因为她想让她的孩子有一个名正言顺的家族,她是这么说的。她要亲戚。在她那双眼里,我们可能高尚一些,因此她不断打电话来和跑上门来。幸亏她如今从斯德哥尔摩搬走了,事情这才好一点儿,不过突然之间她又会来到这里。我想我们永远摆脱不掉她了。"

"那她的孩子呢?"

沉默片刻。问题悬在那里,直到最后外婆回答说:"对,有个女孩,没错。"

诺拉在她的声音里听到了轻蔑的口气。为什么?外婆似乎很激动,不再防范了。

"她死乞白赖,像我刚才说的,都是为了这孩子,这样她就能感觉到她有个家族可以依靠。她对有个家族这件事好像着了迷。我想她会回意大利去的,她在那里也有个家。她去找自己的家似乎更加自然,因为她和马丁并没有结婚。大家认为意大利人有那种强烈的家族观念。"

外婆忘乎所以,把她的全部怒气发泄到这个可怜的女人身上。接着她忽然住了口,看上去似乎很惭愧。"对不起,也许我说得太重了,但她是那么个难以对付又很可怕的人。"

"我倒不这样想。"

"你?但你从来没有见过她。"外婆的眉头皱了起来,看着诺拉。

"是的,我想我见过。"

"在哪里?"

"在这里。当我还小的时候。"

外婆盯住她看。"在这里?我们家?"

"对。你忘记那一次了吗?就在妈妈和爸爸去世以后,我和卡琳来看你们。门铃响了,外公去开门,一个姑娘走进来,你不肯让她留下。那是她吧?"

"对。那是她。"外婆这时候记起来了,"卡丽塔照常不先来个电话就直接上门。你真记得这件事?那时候你还不很大。"

"我清清楚楚记得她。她说她认识妈妈。"

外婆很快地转过身去,显得心烦意乱。"我知道。这话她一直在说。很不幸,伊丽莎白,你妈妈对人十分天真幼稚,她永远看不到他们在动什么脑筋,而把人人都看成好人,因此毫不奇怪卡丽塔·恩格能讨得她的欢心。我尽力保护伊丽莎白,不让她和卡丽塔来往,但不是总能做到……"

诺拉一时火起,忍不住打断外婆的话。"那么你认为,妈妈可以和谁在一起该由你来决定?"

外婆跳了起来。"不,别的事情我不管,可在这件事情上,这是必要的。你知道,她会毁了伊丽莎白,而且,她看上去那么贱……"

诺拉不想再听下去了,她打断了外婆的话:"她如今住在哪里了?"

外婆的脸红了,看上去很生气。"我不知道。我再也不想知道她住在哪里,搬到什么地方去了。居无定所的人总是这样的。"

"为什么你这样想呢,外婆?"

诺拉想看到外婆的目光,但是看不到。外婆的眼睛转到花瓶那里,她想把花瓶里的花重新摆弄一下。她没有回答诺拉的问题。

"如果一个人到处受到排斥,在生活中又怎么能安定下来呢?"

"好了,诺拉,现在安静下来吧。"

花在外婆的手里哆嗦。她无法把它们摆得好看。

"你不明白这种事,"她温和地说,"这种人是不要扎根的。她们如果不到处游荡就不舒服……"

"这种人!什么人?"

诺拉看着外婆就像第一次看见她似的,她不相信自己的眼睛。她的亲外婆真会这样没有心肝?这是发疯了。先是怪罪卡丽塔为她的孩子找亲人而对她冷淡,然后又骂她生活没有定点,说卡丽塔喜欢"游荡"。难道外婆不明白她在说什么吗?

外婆怎么能够这样冷酷无情?诺拉彻底失望了。

诺拉对卡丽塔·恩格一无所知,但她能够认识和理解她的斗争。这又是一个被遗弃的人。外婆这才告诉她,卡丽塔的父亲甚至在她出生以前就回意大利去了,她的母亲则去了世界的另一方。卡丽塔的外祖父母,是她在瑞典的唯一亲人,不幸也都去世了。更糟糕的是她委身于贫穷的马丁,他的岁数大得可以做她的父亲。等到他抛弃了她,毫不奇怪,她求助于他的家人。她为她的孩子能有一个家族而奋斗,从而使孩子感到自己是属于这里的。这有什么可奇怪的呢?她孤单,被抛弃,她当然希望什么地方有道门会打开,即使不为别的什么而只是为了孩子。

但是门又关上了,卡丽塔不受欢迎。外婆怎么能这样?诺拉失望了。她的太阳穴发痛。

"你在想什么,我的孩子?你看上去很苦恼。"

外婆坐在那里,头侧向一边,用闪亮的眼睛看着她。她已经决定重新和颜悦色。

"我不明白你,外婆。"

外婆不好意思地看着她。"你这话什么意思?"

话从诺拉嘴里一下子冲出来,止也止不住。"你不知道'被遗弃'这个字眼儿的意思。你有你的妈妈和爸爸,他们什么也不干,只会宠坏你。你什么也不懂!我在这里一分钟也待不下去了!"

眼泪流下她的脸颊。她急急忙忙走到门厅,抓起她的大衣,跑了。

国际大奖小说

第二十五章

和外公一起喝咖啡

诺拉走近道直接来到中央车站。她想赶一班马上就开的火车回家,越快越好。

车站里人很多。她站在那里看墙上的时刻表,眼泪还在往她的脸颊流。她得不断擦干眼泪,集中心思去看时刻表。但是火车来往的时刻混成一团,在她的头脑里打转。他们不能把这些东西写得让人看得明白些吗?

她到这里来是个错误,并且本该知道会有什么结果。她当初到底想得到什么呢?她了解她的亲外婆这个人吗?

逼着外婆把自己暴露出来有什么意思?为什么不让她去保持老样子呢——有发亮的表面、平滑的台布、闪光的眼睛的那个外婆?

她这样做得到了什么呢?现在她也没外婆了,结果就是如此。

为什么她总是把事情做到极端?她在帮助什么人?

没有人。绝对没有人,更不用说她自己。

神秘的公寓　　224

她的眼泪直流,时刻表依然没看清楚,而且站在那里还挡住了别的旅客。他们匆匆忙忙地来去,却显然看清楚了他们要看的东西。所有这些人一定比她聪明。他们在时刻表上找到了他们的火车和线路,果断地走了,而她依然张着嘴站在那里。她倒的确需要人帮忙,但首先她得使自己镇定下来。

忽然她觉得有一只手拉住了她的胳臂。她跳起来,转过身去。

外公站在那里。

他上气不接下气,脸上流露出关心的神情。

"噢,外公,我做出什么来了?"

诺拉向他靠过去,泪水的闸门一下子打开了。外公用胳臂搂住她的腰,带她到自助食堂里去。他让她在一张空椅子上坐下,在她旁边留出一个位子给自己。

"我去拿咖啡。"他说完,马上就端着两杯浓咖啡回来了。

"我们来喝这个。"他在她旁边坐下。

诺拉吸吸鼻子,喝了一口,马上砰的一下把杯子放下。"烫得要命。"

"那我们等一会儿。"

"不,不用。我要误车了。"

"别担心,我会留意不让你误车的。"

外公安详地告诉她,扩音器刚才宣布过,她那班火车至少要晚点半小时,因此不用着急。

诺拉吹她的咖啡,外公举起他那杯咖啡也这样做。他们坐在那里吹咖啡,同时眼往远处看。忽然他们的眼神在他们的杯边上面相遇。外公露出怯生生的微笑,诺拉也报以微笑,接着他们大笑起来,但还是比较谨慎。他们放下杯子。

"你怎么找到我的?"

"这个嘛,你刚走我就回家了,看到外婆几乎垮了。我一知道出了什么事,就马上叫了出租车。我料定你直接到火车站来了,不然你还能到什么地方去呢?我很高兴来得正是时候。"

"你为什么来追我?"

"我知道你不快活。"

诺拉惊讶得睁大了眼睛。外公是为她来的,因为她伤心,而不是为了外婆。

"外婆怎么办?"

"她只好自己对付一会儿了。"

"但她不是也在苦恼吗?"

"是的,她当然是在苦恼。她头痛,躺在床上一定很不好受。"

"她知道你到这里来吗?"

"噢,是的,她认为我应该到这里来。她不希望就这样分开。她要我来带你回去。"

诺拉低下头看她的杯子。"那么,你是说我要跟你回去?"

外公默默地摇头。"不,我不这么想。"

"但这不是她的意思吗?"

外公微微笑笑。"她不该总是想怎么样就怎么样,我想,现在还是让她有点儿时间一个人把这件事想想更好。如果你马上回去,她只会为她自己难过,相信她是对的。"

"那么你不同意她的意见?"

外公没有回答她的问题。他默默地坐了一会儿,接着解释说,外婆并没有什么恶意。"她只是对她认为是'恰当'的事情——就像她自己说的——极端固执。她生怕不够高尚,一辈子都被这件事苦恼着。她得不断地向自己和向别人表示,她是属于更好的人家,知道事情该怎样做。"

"这件事得回到很久以前去,"外公说,样子很苦恼,"她的母亲也是这样。阿格妮丝一直向薇拉——就是你外婆——灌输,她们是何等高尚。她们得一直这样想。她向薇拉查问她所认识的人,以及那些人所认识的人,然后和她们比较,总是得到同样的快活结论:她们比其他人更好。但内心深处,她一定对这一点有怀疑。"

"你外婆一定就是这样,"外公叹了口气,"需要一直表现得那么非凡无比,这是令人苦恼的!对任何人来说这都不是好玩的事,但自然,使她最难受。"

这时候诺拉已经停住了哭泣,和外公在一起她觉得安全。在中央车站的热闹人群中,他坐在那里安静地解释事情,不是为了让诺拉感到后悔并对外婆感到抱歉,却更像是他自己需要这些解释来让自己也能理解外婆。这肯定是他一直在思考琢磨的事情。他那么爱外婆,诺拉一直知道他是这样的,他做的每一件事都可以证明这一点。

他叹了口气,带着严肃的微笑看着她。"对,我亲爱的,事情就是这样。现在她躺在那里头痛,什么也不明白。"

"那么我也许应该回去。"

"不,不,她一个人待一阵子以后会觉得好些的。如果她把事情多考虑一会儿,她也许会明白她不是世界上唯一值得为之难过的人。我会代你向她问好的。"

"你要对她说什么呢?"

"你要我说什么?"

"我不知道,但我说过的话不能收回。"

"不,我自然认为你不能。你是对的。我一直认为你外婆对可怜的卡丽塔太专横了——有点儿太势利了,话说白了就是这个。

"到了命名日和生日,卡丽塔总是带点儿小礼物来。她很小心,只找特殊的日子来,包括我的。她来的时候总是那么快活,十分自豪,但受到你外婆的冷落,离开时就不那么快活了。

"但这一切是非常复杂的,因为你外婆也不总是盛气凌人。有时候她会忽然充满善意,也许是由于内疚吧,我不知道。不管怎样,她试图表现出友好,但也没有做好,因为这时候她做过了头,适得其反,显得过分做作。如果卡丽塔看上去不够感恩戴德,那么这场游戏也就结束了,你外婆马上会把这作为证明——她过去盛气凌人是对的。她会说,友谊对某些人并不适用,她们有'放肆的思想';给她们一个指头,她们就要你的整条胳膊,等等。你外婆认为最好是'保持自己的尊严',让人知道'她们的地位'。"

"你明白吧?"外公无奈地看着诺拉,"这些荒唐的思想,没有办法把它们从她的脑子里清除掉。你可以相信,我曾经尝试过。"

外公叹口气。"一切事情其实是那么简单,为什么你外婆就要把它们弄得那么复杂呢?"

"你外婆不在的时候,卡丽塔来看过我几次,谈得非常好,非常轻松,非常有趣。卡丽塔·恩格不是一个愚蠢的人。虽然她没有受过高等教育或有高贵的血统,也没有其他被你外婆如此尊重的东西,但卡丽塔是个热心人,这就够了。

"为什么不能允许卡丽塔拜访'家族'的人呢,如果这对她那么重要?当卡丽塔来访问的时候,为什么你外婆就不能好好儿地对她,而是冷落她呢?卡丽塔不为她自己要什么东西,她全部所要的只是感到有个家可以来。事实上我觉得她是可敬的。当她受到不公正的对待时,她从不在乎,但她只是不答应让自己蒙受耻辱。她这样是压不垮的。她完全是为孩子而活着。

"她坚定不移地保持住和她的家族的联系——或者实际上是她孩子的家族。"外公微微笑笑,"对,你可以相信,和这个家族有关系的一切她都清清楚楚。这孩子在洗礼时她给她取名阿格妮丝,这是用马丁的祖母的名字;塞西莉亚,这是用他母亲的名字。"

诺拉吃了一惊。"阿格妮丝·塞西莉亚?"

"对,阿格妮丝·塞西莉亚。"

"你见过她吗?"

"只是一秒钟。"

扩音器在广播什么,外公抻长了脖子听着。他没来得及回答诺拉的问题。

"是你的那班火车,现在要开了!如果你想赶上它,最好马上就走!"

他赶快站起来,看看钟。"你最好快点儿。他们说十号线!"

诺拉慢慢地站起来。"你肯定我不必跟你回家去吗?"

外公认真地盯住她看。"你真要去吗?"

诺拉摇摇头,拿起她的包。"说真的,我不知道我要什么。"

外公微微笑笑。"你还是走吧,我是这么认为的。等她平静下来了你再来。现在赶紧跑吧,那你就能赶上火车了!"

"谢谢,外公!"诺拉很快地抱了抱他,"我很高兴你来。"

她走了,但走了几步就听见外公在后面说:"你要我告诉你外婆什么?"

诺拉回过头来哈哈大笑。"告诉她我会像卡丽塔那样。我会回来的!"

第二十六章

达格不是来接她的

一上火车,诺拉马上在远远的角落里找到了一个座位。她喜欢坐角落。这节车厢里只有几个人,东一个西一个的,脸都被报纸挡住。她朝窗外看,打了个哈欠。哭过以后她总是困得厉害。

火车很快就要开了。列车长一路走来,把车门砰砰地关上。坐火车太好了。随便火车爱走多久就走多久,爱上哪儿就上哪儿吧。

噢,她太困了。她打了一个哈欠又一个哈欠,直到眼泪都流出来了。她希望她能"睡得跨越时空"。

这话是从哪里来的?"睡得跨越……"

达格,当然是他!他道晚安时有时候就这么说。这意思是希望她做好梦。但她现在不想做梦,只想睡觉。

她把头靠在墙上。车轮慢慢地开始滚动。

她能听到远处的哈哈笑声和快活叫声:"我会回来的!"——正是她刚才向外公喊出来的话。

她没有像外婆希望的那样跟着外公回去,外婆会说她什么呢?她现在没有力气再想这件事了。

最后火车开起来了。他们离开了车站,向市外越走越远,诺拉就在车厢的晃动中睡着了。

忽然她一惊,完全醒了,朝四处张望。

那咖啡车!

卡丽塔?

什么地方有咯咯声。这会儿她记起了那次和达格到斯德哥尔摩,就是那时候他们拿到了那玩偶。在火车上,当她一个人坐在那里打盹儿的时候,那咖啡车咯咯地推过来。

有人露出那么美丽的一个微笑。

有人露出一个她情愿走很远的路去接受的微笑。那微笑的人,她的名字不是叫卡丽塔吗?不是有个姑娘坐在诺拉后面,她叫她"卡丽塔"吗?或者那只是一个梦?

在火车上她是做梦了,这她记得,但不记得是个什么梦了。她记得的只有那个微笑。

她仔细听,但再也听不见咖啡车声了。她一瞬间曾想起身去找它,但睡意压倒了她,她又蒙蒙眬眬地睡着了。

她醒来时火车正好到站。她急忙起来,穿上大衣,一面看窗子外面一面扣扣子。站台上的人已经准备上车。

达格在那里!

她招手,但是达格没看见她。多么奇怪!他怎么知道她这会儿到达——在这一辆火车上?也许外公给他打了电话,请他到车站来接她;也许他担心她还在苦恼。但是她已经不苦恼了。

她打算放下车窗叫他。火车一转眼间已经在他面前过去了。他为什么不站在出口处,却站在站台的另一头?也许他想她会坐最后一节车厢。上次他们跟安德斯那班学生一起走的时候,就是坐最后一节车厢的。

她放不下车窗。她只能等了。

火车一停下来她就向车门冲去,但当然,所有乘客都挤在那里。还得等。

她已经忍不住要着急了,但这是愚蠢的。达格会发现她不在最后一节车厢,自然会等到找到她为止。她急什么呢?

但等到她终于跳到站台上的时候,哪里也看不到他,她走过去走过来也没找到他。上车的人在上车,下车的人都走了,站台几乎是空的,哪儿都没有达格。

她看错人了吗?

不,那百分之百是达格。

他会上了火车去什么地方了吗?这样想是愚蠢的。他会去什么地方呢?唯一的解释可能是,当她正在等下车的时候,他以为她没在车上,于是从站台对面的楼梯下去了,那一头有条地道通到城的另一边。也许他到那里什么地方有事,心想反正得过铁路,就留下来一会儿顺便找找她,万一坐这班火车来。后来没看见她,他就走了。

假使是这样,他不会走远。她马上顺着站台走,下台阶,进入地道。她的脚步响起回声。地道相当长而且黑,到处都是没罩子的灯泡,听不到还有别人的脚步声。他一定已经走出地道了,诺拉想。没有什么理由再往前走了,但她还是继续走下去。

她从地道里出来,到了公共汽车站。从这里,街道辐射到不同方向。既然她吃不准达格去了什么地方,不妨在这里转转。但就在这时候,她看见他了。

他正站在不远处,在一辆公共汽车下面跟显然在这辆车里的一个人打着手势交谈。她看不出那人是谁。

她的心沉下去了。达格不是像她想的那样到火车站来接她的,他刚才站在那里张望是等别人,当然是那姑娘——他对谁都只字不提的那个姑娘。他们一定已经事先讲定,他要等在最后一节车厢旁边,好离公共汽车站近一点儿。

爱到什么程度了!达格已经到火车站来等火车,哪怕它晚点半个小时,好陪着她走一点儿路去上公共汽车,只为了有那么几分钟跟她在一起!他一定是真的坠入爱河了。

她还想象他是站在那里等她和想她呢!她禁不住感到委屈。

公共汽车这会儿开走了,达格站在那里招手。

谢天谢地,他没有看到诺拉。他也不会看到她!

她飞快地冲进地道,因为很快他也会走这条路的。

她的脚步响起回声,响得叫人受不了,但她已经顾不了那么多了,只想在他到站台之前走掉就好。她不是一路跑到出口处的,而是跨过铁路,匆匆跑到车站房子里。他还没有走出地道之前,她可以躲在这里直到他走过。他一定从出口处出去。

她在窗子旁边,躲在一大盆蕨草后面等着。

现在达格慢悠悠地走过去了,但他不是像她想象的那样喜不自胜,而是看上去在想心事,几乎有些不安。他会是有什么问题吗?这是他不想对她谈他的女朋友的原因吗?

第二十七章

泰蒂到底是谁

"你显然以为我是个白痴!"

诺拉定睛看着达格,试图使自己的声音听起来平静些,同时她咬住了舌头。可她没想到这样并不能克制住自己,愚蠢的话仍会滑出她的嘴巴。

她刚进来,在火车站那件事以后还没有重新平静下来,达格就忽然出现在她的房间。她知道他就在她之前到了家,但她不露声色。他一定知道她和他的女朋友曾经在同一辆火车上,但他站在那里装出一无所知的样子。这就激怒她了。

现在他来这里到底做什么?

他至少可以先敲门啊!

"你好,你已经回家了?"他对她微笑,"我听到你进来。我想来问问,你的事情怎么样了?"

"事情怎么样了?你在说什么啊?"

"你去了外婆家。她知道什么吗?"

"你什么意思?外婆会知道什么?"

国际大奖小说

诺拉听出自己的口气里多少含有敌意。达格对她的事表现出兴趣已经是很久以前的事了,为什么现在忽然之间又感兴趣了?

他看上去很惊讶,声音变得带有恳求口气。"不过,诺拉,我可不真的那么迟钝,对吗?显然在进行什么事情,让你昨天和胡尔达在一起,今天又上斯德哥尔摩去。你为什么不想和我谈谈呢?"

"你是可以谈谈的人?"

"我是可以谈谈的人。你为了什么事在生气吗?"他看着她,依然在微笑。那太过分了!

"我为什么非告诉你不可?你有事可从来不告诉我。"

"可是诺拉……"

也就在这时候,这句话滑出了她的嘴边:"你显然以为我是个白痴!"

沉默。那句愤怒的话悬在他们之间。她很后悔说出这话,于是原原本本告诉了他。

"我在火车站看见你了。我坐同一辆火车。"

说了这话好过些。达格没有马上回答,但他立刻严肃起来,然后慢慢地说:"根本不像你想的。"

诺拉看到别处去。达格的话听上去很难过,她不知道说什么好,但她感到过去对他的温情又在心中沸腾。她重新看着他。"达格?你不能告诉我出了什么事吗?"

他看看她,接着在一把椅子上坐下来。看得出他很快活。"如果我能知道怎样开头就好了!"

神秘的公寓 238

他哈哈大笑,擦着他的脑门儿。每当他苦苦思索的时候都是这样的。"我这就给你讲好吗?"

"如果你认为可以,那就请吧!"

他显然急着要讲整件事情。"好,讲吧,我们看看最终讲到哪里去!"

诺拉集中精神,开门见山。"你碰到了一个姑娘,对吗?"

他大笑着点点头。"但那实际上已不是什么新闻了,你早就知道。事实上我碰到过许多姑娘。"

"对,但没有一个像这一个,我说得对吗?"

"自然。没有一个人会像另一个人。来吧,诺拉,你得抓紧点儿谈。你可以做得比这更好!"

诺拉微笑。达格变得越来越像他自己了,这真叫人高兴。他们已经进入了达格的一个"调查"事件。

"好吧!你碰到了一个姑娘。由于某种原因,你觉得不便谈她。现在我们就从这个为什么开始。这个原因和她有关还是和你有关?"

达格在回答前考虑了一下。"我相信也许由于我们两个,但主要是由于你。"

"我?"诺拉看着他,"你是说我那么不可能……"

"不,不,根本不是。不,我觉得这件事我无法解释。那只是我的一种感觉。"

"什么样的感觉?"

"就是,在我把你拉进来之前,有关这一切,有些事我不得不先考虑好。"

"把我拉进来?你什么意思?我真的给了你这种感觉吗?"

他停下来又想。"对,部分是你,部分是泰蒂。"

"泰蒂?"

"对,那是她的名字。"

"不过大家不会只是那样叫她吧?她的真正名字叫什么?"

"我只听到泰蒂。我认为这不重要。"

"不重要,也许这是真的。我们现在说到哪儿了?你不能给我讲讲泰蒂吗?你们是怎么碰到的?"

达格叹了口气,那样子好像他要说的话太多了,接着他开始把事情的经过告诉她。

"实际上她也不完全是新认识的,因此我觉得十分兴奋。我从远处已经爱慕了她很久,但我做梦也没有想到会结识她。她曾经显得那么沉默寡言,使我感到自己的幼稚和不成熟——甚至还在我们没有交谈过一句话的时候,而且我有点儿怕她。"他打断了自己的话,"也许你认为这听上去很奇怪?"

"不,怎么会呢?这种事情到底有的。但你现在再也不怕她了,对吗?"

"怕?"达格耸耸他的肩,叹了口气,"如果要我说实话,这种恐惧感还没有完全过去。不,就是这个叫人太难以忍受了。我不明白这是怎么一回事,有时候又突然觉得明白了,但接下来还是不明白。我像在说谜语一样,我知道。"他做了一个不耐烦的手势,"不错,有时候我得到些暗示,但是我吃不准。"

他停了口,看着她,像在求助。她能说什么呢?她感到迷惑不解。

"你的意思是说……你不太能信任她吧?是这方面的问题?"

"噢,不,泰蒂没有任何虚伪或者不老实的地方。正好相反,她简直像……"达格又停了口。

"我真不知道该怎么表达才好。要不是听上去太肉麻,我会说泰蒂太不同寻常太老派,就像……心那么纯洁。我知道这听起来过于浪漫,但这正是我的感觉。"

诺拉觉得这听来既不浪漫也不肉麻。"但这种心的纯洁——会是它吓了你吗?"

"是的,有可能。"达格看上去在思索。

"但为什么呢?这就是我所不明白的。"诺拉摇摇头。

"不,我也不明白。太复杂了,因为我在泰蒂身上看到的天真纯洁的东西,在她的另一方面却不相符。"

"是哪方面?"

"我不知道。她能够那么坦率,能够用那双明亮的眼睛注视我,而与此同时……不,我说不出,我不知道……"

"你说得出,你就试试看吧!"

但达格只是不安和叹气。诺拉得去帮他。"你认为她对你隐瞒着什么吗?"

达格看着她。"说真话,是的,我认为。"

"你不知道是什么事?"

"一点儿都想不出。"他看到别处去。

"但是达格!"诺拉大着胆说,"你知道这意味着什么,对吗?你不信任她。"

"噢,我信任她,"达格再次保证说,"正因为这个缘故才叫人那么难受,那么苦恼。但我不求你明白这一点。"他不高兴地说。

"你非常爱她,是吗?"

达格看着地上。"我不知道。我想是的。"

"那不是人们知道的那种事吧?"

他叹了口气,然后直视她的眼睛。"不,可惜我不知道。也许因为我一直在比较,和我有多么喜欢你的程度相比较。你一直在我的心底里。说起来我最喜欢的还是你。"

达格说得那么简单、那么自然,泪水很快涌上诺拉的眼睛。达格说出了真心话。他没有使事情变得比实际情况更复杂,或者试图隐瞒他的感情。她擦干眼泪,看着他。

"事情到你身上就像到我身上一样,你知道。"她微笑着说,"但是你断定泰蒂隐瞒着什么,而你一丁点儿也不知道吗?"

达格避开她的目光,没有回答。

"也许你已经知道了一点儿,却宁愿不相信它们是真的?"

"也许。"他叹气,"有时候我觉得,她要和她在一起的不是我,而完全是另一个人。"

诺拉不同意这话。"不,我不相信。什么人想要和你在一起,绝不会是为了要和另一个人在一起。我从我自己的经验知道这一点。"

"对于你,这是对的!但听我对你说。有时候我清楚地感到,她和我在一起是为了要和另一个人接触。但是我想她没有意识到这一点。"

诺拉摇头。达格的话听上去简直是胡说八道。"不,达格,我不这样想。如果有人遇到一个人,只是为了通过他遇到另一个人,那么,他本人肯定知道这件事。"

但达格对这话不那么肯定。"在一般情形下可能是这样,但对泰蒂来说却不然。"他坚持这个意见,但诺拉没有买账。

"如果事情真像你所说的,那么她可能甚至不知道通过你要遇上什么人。"

达格沉默下来,那样子像是在认真地思考。

"这一点你原先还没有想过。"

"是的,我当然想过,事实上想了很多。最令人难以置信的是,我几乎相信泰蒂和我两个人内心深处都知道的那个人必定是谁。"

"那么是谁呢?"

但达格又看到别处去。他不愿意说,他求她不要逼他说,他要绝对有把握才把这个人的名字说出来。

这一点诺拉能够明白,于是她改变话题。"为什么你不告诉我,你们是怎么遇到的呢?"

达格放了心,微笑了。"这真是一个叫人兴奋的故事。正像我刚才说的,我原先看见过她。"

诺拉突发奇想。"别是特姆波的那个姑娘吧,你说得最多的一个?"

达格微笑着点头。"正是她。"

诺拉彻底给弄糊涂了。她原先并不相信自己刚才的提问,更没有想到在达格的幻想中出现的梦中人在现实中竟当真存在。那么这个人就是泰蒂?

"是这样!接下来发生了什么事?"

"这个嘛,这是非常奇怪的相遇,百分之百是命中注定的,"达格说,"事实上是路德让我们碰在一起的。"

"路德?"

"对。你记得那一次它失踪了,一个姑娘把它送到警察局吗?"

"记得。那姑娘就是泰蒂?"

达格点点头。"但那是在我认识她很久以前的事了。她是后来告诉我的。"

"等一等!"诺拉忽然想起来了,"路德走了好几天的那一次,晚上有人来按厨房门铃。等到我把门打开,只有路德独自跑了进来,但我听见有人跑下楼梯。我向外喊,一个姑娘的声音回答。我请她等一等,好下去谢她帮了忙,但那姑娘相当匆忙地跑掉了,我连看也没能看到她。"

"对了,那是泰蒂。"达格微笑,"再说那是我们相遇的前一天。"

"不!那不可能!"

"为什么不可能?你以为我骗你?"

"不,但你不会记错吧?那时候你的行动早已神秘莫测了。你一直在外面,一连几天没回家吃晚饭,又不愿说你在什么地方。"

"我当时在上舞蹈课!"达格那副样子像个大问号,"你知道的,不是吗?我不需要汇报我走的每一步,对不对?那太烦了。"

"当然对,不过你也要理解我们这一边,因为你一向不是这样的,现在如此反常,叫我们怎么想才好呢?然后我们听说你和一个姑娘在一起。"

"嗯,也许你是对的。反正事情从路德走了几天以后回来的第二天,是晚上。家里只有安德斯和我两个人。我们正坐在书房里翻书,路德趴在厨房地板上。

"路德忽然走进书房。它一副坚决的样子,走到我身边,用一个爪子轻轻推我。它汪汪叫得非常特别,听上去像公然提出要求:'来吧!起来!我们到外面去!'

"我们笑它,但这时候它的耳朵倒向后面。它生气了,它这是警告人们,这一回它打算想怎么干就怎么干了。这事情可不是像找电线杆那样微不足道——要严重得多。我很好奇,就带它出去了。

"我们一到下面街上,路德把我拉上就走,目标明确,我也就让它带路走。我猜到了它在往哪儿去。"

"我也是!"诺拉打断他的话,"到贝亚特伯里,常绿树包围住的那座白房子,对吗?"

"对。但现在你听好了!它要去的还不只是这地方,虽然它在那里停了停,到处嗅,汪汪叫,举动说来神秘古怪。"

诺拉急切地点头。"等会儿我再告诉你,"她说,"你知道路德有个颈圈上面写着'英雄',它和那房子有关系。对了,我将把这件事全告诉你!但是你先说下去吧!"

"好。路德在那些常绿树中一定碰到过什么事。我也明白这一点,因为它上次在那里变了个样子。它变得不自在,似乎还有点儿怕,与此同时,它又舍不得离开。

"但你知道,它想再往前去。尽管我巴不得转身回家,因为那天晚上十分阴冷,但我还是抓紧了皮带跟着。

"你知道,那条小路一直走下去,到头来要走到水边。那里有许多板棚、附属的房屋和一座东倒西歪的红色木头大房子。路边有一排邮箱,漆成不同的颜色。到处是自行车。你知道我说的是什么地方吗?"

"是的,我当然知道。事实上我一直在想,那破旧房子住着多少人。"

"在那些棚屋后面有一个公园,一直伸向湖边。路德要去的就是这地方。"

"我们到那里的时候,天几乎黑透了。但路德离开了小路,快快活活地往前走,钻进树木间的黑暗中。在那大房子里有两个窗子点着灯,但灯光照得不很远。

"忽然间,我听到附近有一个姑娘的声音。'英雄?又是你来了吗?'她说。

"路德摇它的尾巴,一条正好和它一样的黑狗,一条德国牧羊犬,从黑暗中扑出来。路德给颈圈套住了,它挣扎着,转动着要挣脱身子,我好不容易才拉住它。我知道,如果这时候路德脱了身,我就再也没有办法把它带回家了。

"另一条狗是自由的,路德要跟它走,我真得使足了劲儿才能把它拉住。

"这时候一个姑娘从黑暗中出现了。她拿着根皮带,正打算捉住她的那条狗。那条狗的名字叫弗里达。但路德跑过去挡住她的去路。'不,英雄!'她说。

"'它的名字叫路德。'我说。

"她说:'真的,但它那颈圈上写的是'英雄'?'

"这一点我倒忘了。那姑娘告诉我,这地方路德已经来过好几次了。她傍晚喜欢散步,在这儿的公园里,带着她的狗弗里达。这时候路德出现了。两条狗似乎相爱了。弗里达的行动也非常古怪。泰蒂形容弗里达的反应,正跟路德的一模一样。忽然它们变得很倔强,老要出去,用它们的爪子推,发出好斗的声音。弗里达很清楚路德什么时候会来。它们会用各种办法接触,尽管遭到人的阻拦，但它们显然安排好了它们的这种相会。它们真聪明。

"路德第一次到那里去的时候没有颈圈，因此泰蒂把它送到警察局去了。另一次它在公园里，在那屋子附近待了好几天，最后他们才抓住了它。这一次泰蒂想最好直接送它回家，是你开的门。但泰蒂太腼腆，不敢露面。"

"这是她说的吗？"诺拉问道，"说她太腼腆？"

"不，不是那时候说的，是后来我们熟悉了一点儿后才说的。奇怪的是，第一夜在黑暗中我没马上认出她来。我太忙于对付两条吵吵嚷嚷的狗了，没去留意我在跟谁说话，光顾着高兴有人来帮忙了。

"直到过了一会儿我才明白她是谁。她已经很久不在特姆波工作了。

"她病了，到现在还没有一个工作。她在斯德哥尔摩学画，几乎得每天来回。这就是我刚才到火车站看她的缘故。我以为她要走路回家，那样的话我可以送送她，但她要坐公共汽车。

"这么说，你就坐那班火车回来的？"他看着诺拉。

她点点头。"我们坐同一辆火车，可我没看到泰蒂。我不知道你在等她。当我明白以后，我难以置信地失望——我本以为你是为我来的。"

达格明白了。"我也有这样的感觉。如果我想到你也在这火车上，我就同时接了你了。"他向她保证说。

"别许诺太多！"她哈哈大笑，"这样的话，你想泰蒂

那时候会说什么呢?"

"说真的,我不知道。她很可能会逃走,因为她太腼腆了。但我说不准,她的反应很难预料。"

诺拉改变了话题。她不想知道太多关于泰蒂的事。她希望能够形成自己对她的看法。

"她住在那红色大房子里吗?"她改口问道。

"对,她住在那里。那是集体宿舍——许多不同的人住在里面,结婚的和单身的,有孩子的和没有孩子的,其中有许多是移民。他们有一个公共厨房,所有的东西合用。他们似乎过得很快活,虽然无疑很穷,不过他们团结互助。

"泰蒂对适应这个集体好像有问题。虽然她没有说过或者抱怨过什么,但我感觉得到。她需要一个自己的角落,一道可以给自己关上的门,在那里是不可能这样奢望的。我有一种感觉,她的确喜欢那地方,却又有点儿像个外人,不真正属于那里。等你碰到她,你就会明白我的意思了。"他说。

"你跟她谈起过我吗?"

"是的。"很清楚,达格习惯上爱谈诺拉,"你这话什么意思?"

"没什么意思。我只是不知道……"

"如果你是说不知道她说了些什么,那么我告诉你,她没说什么。她是个沉默寡言的人,但她想得更多。她一直在画速写和油画,那是她的主要兴趣。她上哪里去都带着个速写本。顺便说说,她给常绿树中那座房子画了一幅油画。你得看看那幅画,它美极了!她准确地捕捉到了那个基调,包括所有的枞树、松树、桧树和柏树。台阶上盖着枞树树枝,完全像你和我第一次看到的样子。她把她自己也放到这幅画里去了,你可以看到她沿着小径走向那房子的背影。"

诺拉的心怦怦跳起来,她睁大了眼睛看着达格。"她有根辫子拖在背部,手里撑把黄色阳伞吗?"

"不,这是幅秋景。她拿着一把普通伞,我想是蓝色的或者是紫色的,但她是有条辫子拖在背后。泰蒂一向如此。但你是怎么知道的?你没有见过这幅画,对吗?"

他惊讶地看着诺拉,诺拉也同样看着他。"不,我没有见过泰蒂的画,但我见过别的东西,这东西同样美。我看见了许多,相信我吧。"

达格做了一个很急的手势,在他的椅子上坐直身子。"现在轮到你说了!最近显然发生了许多我不知道的事情。"

"是的。"诺拉捧着自己的头,摇晃着,哈哈大笑着说,"我也实在不知道该从哪儿讲起……"

达格微笑,向她俯过身子。"也许你愿意我给你开个头儿吧?"

"是的,如果你能够,请吧!"

她微笑着看着他,等着。他舒舒服服地把身子靠在椅子上,盯着天花板看。

"我们从'英雄'开始谈好吗?"他说,"我有许多问题,比方说这一个。起先路德死也不肯踏进公寓的这一部分,它一走近圆形房间就汪汪大叫,它那双眼睛里有什么近乎恐惧的东西。你记得吗?"

诺拉点点头,要他说下去。

"但自从它戴上'英雄'的颈圈以后就变了,它敢于走进这里,尽管它还是汪汪叫并且有点儿害怕。打那以后,那座白房子对它有一种神秘的吸引力,它一到那里就汪汪叫,似乎有点儿着魔。然后它碰到弗里达,这又是一个出走的原因。但事情是从房子而不是从弗里达开始的。"

达格停下来思索。诺拉一言不发,专心地听着。

"就我所能看到的,这里面一定有某种联系——我是说在我们的公寓和那房子之间,或者公寓的这部分,这三个房间。由于颈圈,我们知道这公寓里曾经有一条狗叫作'英雄'。同时,狗似乎能够看到和体验到我们人所看不到的东西。它们有它们的第六感觉,可能不像我们那样受空间和时间的限制。"

达格再一次停下来,思索着,看着诺拉。"如果你不反对,我建议你从'英雄'开始。关于它,你知道些什么吗?"

"许多。"诺拉深深吸了口气,开始把从胡尔达那里听到的事情都告诉了达格。是使他了解这些事情的时候了,她感到再也没有任何妨碍。像达格请求她的那样,她从"英雄"和那著名的舞蹈家讲起,然后讲到塞西莉亚、阿格妮丝和赫德维格。她也告诉了他关于她自己碰到和观察到的事情。

当她谈到鲜花盛开的花园的印象,描述塞西莉亚背对着园门向房子走去,手里拿着黄色阳伞时,达格的脸忽然发白了。他很快地站起来,在房间里走来走去。

"怎么回事,达格?怎么回事?"

他突然间停下来,凝视她的眼睛,慢慢地说,并强调每一个字:"眼睛除了它自身之外什么都能看见。"

"叔本华的话!"诺拉大笑,"他跟这件事有什么关系?"

但她马上认真起来,因为达格继续严肃地看着她,说下去:"对,我现在正开始看到一些我原先没有看到的事情,因为我当时只用我自己的方式看。"

"那是什么,达格?你现在看到什么了?"

他只是摇头。"不,你得自己去发现,但你就快发现了。"

她想再问什么,但这会儿达格已经望到远处去,接着他离开了房间。

第二十八章

和泰蒂相逢

达格的话什么意思?他为什么看到了什么却不想告诉她呢?她自己快要发现的又是什么呢?

她没有一丁点儿感觉要去发现什么东西。他把她完全弄得茫然不知所措。

但是她并不后悔让他知道所发生的事情。事实上她感觉到,虽然没有把所有的话都说出来,达格也不会再谈这件事了。如今不管什么时候碰到,他们只是相互说笑,心情是愉快和坦率的。但他只要疑心她想问他什么时,他马上就笑着岔开。他不愿意谈起泰蒂以及什么严肃的事情。她一提及这类事情,他就耸耸肩打发过去了。这不像是达格,但他一定有他的道理。她也只能到此为止了。

不过有时候她也生他的气。

"你会看到,事情会自行解决的。"当他感到她用怀疑的目光看着他时,他完全想也不想地说。

事情不是这样,这不是真的。没有事情会自行解决。

国际大奖小说

她该怎么办呢?

她感到不得安宁,很不自在。日子一天天过去,什么事也没有发生。忽然之间,一切好像停顿了。

一天晚上,外婆打来电话,想要快点儿见见面,好让她们"好好儿地拥抱一下,忘掉所有愚蠢的难听的话"。外婆说她很抱歉,如果她太笨了,诺拉实在得原谅她。她到底老了,许多事情实在跟不上。

外婆在电话里说了半天开玩笑的话,而避开会引起争论的东西。诺拉也一样。她已经知道,跟外婆要想谈出个结果来,那是没有意义的。诺拉对她,只好让她去保持她的老样子。对她来说,有些东西是神圣不可侵犯的,她不惜用任何代价去保护它们,其中就有她母亲阿格妮丝的形象。任何人攻击她这个理想化的偶像都活该倒霉。诺拉不打算再这么干了。她和她外婆交谈些愉快的事情,外婆挂上电话时一定感到满意。第二天外婆寄来了一个小礼物,条子上写着:**一件小首饰,现在年轻人戴上一定很时髦。**

诺拉马上写信谢谢她。一切重新太平无事,正如外婆所希望的。

但除此以外什么事也没发生。

她不时地抱着塞西莉亚坐着。但自从诺拉在装布片的盒子里发现了那封信以后,玩偶的脸像是不露声色,不再变化了。这使得她很担心。她到底是得到了玩偶的同意才读那封信的啊!至少她是这么觉得的。为什么塞西莉亚如今不露声色了呢?诺拉不再能跟玩偶交流思想,这使她有点儿失望。这就像一个活人不做任何解释,忽然不再搭理人了一样使人难过。

诺拉有时候走到壁龛那里想打开小铜门取出玩偶,但又会立刻改变主意:不费这个事了,这只是为了避免失望。

她像是生活在真空里。

再也听不到脚步声走来站在她的房门口,窗台上的小闹钟也已经好久没有倒退着走过了。她不时把闹钟拿起来摇,但她知道这是没有用的。

事情已经发展到这个地步,她几乎渴望闹鬼了。她的脑子实在不大健全。

有一次她正坐在写字台旁边,忽然听到有脚步声从圆形房间过来。她其实不觉得耳熟,但她的心真像是翻了个个儿。它们走近了。但这时候她听见轻轻的咳嗽声,安德斯站在那里,谨慎地敲敲门框。门是开着的。

"我吓着你了吗?"

"对,我不知道你在家。"

安德斯向她微笑。"我觉得你很容易受惊,"他说,"我不知道为什么。"

诺拉报以微笑,摇摇她的头。但她内心里想,安德斯并不知道她正坐在这儿盼望鬼来呢,结果来的却是他,这就是她刚才被吓了一跳的缘故。如果真是鬼,她就不会跳起来了。

接着他用他那种客气的方式问道:"也许你不介意给我帮个小忙吧?"

"我当然愿意。什么事?"

安德斯打了个电话给医生要一张咳嗽药配方。他咳嗽老是不好。配方应该昨天就寄到了,但没有来,尽管那边说已经寄出。说不定今天会到,但安德斯来不及等邮递员了,他现在得出去。也许诺拉能……

"当然,我可以等在这里签字收邮件。中饭前我有两节空课。但配方万一不来呢?"

"对,那么准是出了什么差错,可我需要这药。一点到一点半之间可以打电话给医疗中心要配方,并约定时间去取。不过这个时间我有课,不能打电话。那时候你在做什么?"

"没问题,我可以打电话,我有空儿。"

"太好了。请他们把配方直接打电话告诉药房,然后下午晚些时候我自己去取药。"

诺拉有的是时间。今天她只有两节课,原先打算不上课去看胡尔达,但现在另做了安排——她得待在家里等邮件。等了好些时候,但等到邮递员终于来了,又没有配方,她只得打电话给医疗中心了。

午膳时间和空课前她只有一节课:瑞典语。她们得分析一首诗。外面阳光照耀,诺拉的心开了小差儿。

最后一节课就不上了,去看胡尔达不好吗,干吗不呢?那会很痛快,天又那么好,她们可以坐在外面聊天。

胡尔达会非常高兴的。

不过她先得回家打电话给安德斯,然后正好来得及赶一点半的公共汽车。

这节课一上完,她就蹬自行车回家。到家时差五分一点,还得等几分钟。她还是准时打电话好,以后电话会忙的。因此她一点整打去电话,很幸运,马上有人接听了。

"医疗中心。"

"对了,我打电话是为了一张配方。"

"对不起,请等一等……"

那边放下听筒,接电话的人开始跟一个病人说话。真倒霉!诺拉要来不及了,到公共汽车站得要点儿时间,可那边的谈话似乎还在拖下去。

但现在她又听到了听筒里的声音:"对不起,是怎么回事?"

"有一张配方本该寄到……"

"哦……对不起,你能再等一秒钟吗……"

又是同样的事——又来了一个病人需要帮助。这一回真正是谈个没完了。诺拉急得直跺脚。工作是这样做的吗?一个人又得照顾病人又得接电话?

她用指甲敲听筒和听筒架,想要让对方注意自己,但是没有用。

"我有急事!我要去赶公共汽车!"她对着听筒大叫。

没有反应。现在她听到那头儿和第三个病人在谈话。他们全是一样唠叨的家伙。她能听到他们说的每一个字。话都是老一套。

"你原先看过医生吗?"

"没有。"

"那么这是第一次?"

"对。"

"你到这里来是为了什么?"

"我一定患了贫血症,因为我总是觉得那么疲倦。"

"疲倦?我这样写下来好吗?"

"好——的……"

"有其他症状吗?"

"没——有,我想没有。"

"可以告诉我你的身份证号码吗?"

"660425—2341。"

"还有你的姓?"

"恩格。"

"名字呢?"

"阿格妮丝·塞西莉亚。"

"请坐到候诊室去等,恩格小姐,轮到你的时候护士小姐会叫你的。——喂!"

那边的人对着听筒大声叫,但诺拉只是站在这边发呆。她一定听错了,这是不可能的。

"喂!喂!有人吗?"

诺拉让听筒落下去,她的心怦怦跳得都要透不过气来了。她看着手里的电话听筒,现在它里面是不间断的格格声。她吓坏了,扔下它,让它在电话线上晃来晃去。

阿格妮丝·塞西莉亚·恩格?噢?天啊!这是说就现在,就这时候,有一个叫这个名字的人正坐在医疗中心的候诊室里。

最后她知道该怎么办了,不再发呆了。她现在得赶到那里去!马上!在阿格妮丝·塞西莉亚离开之前。

诺拉马上动身了。但在楼梯上她忽然停下,转过身来。凭直觉她忽然有了一个预感,她重新跑上楼。她经过门厅的电话时,听到话筒里含糊的激动谈话声,看见听筒仍旧挂在它的电话线上晃来晃去。她走过时顺手把它放好,赶到她的房间,走到壁炉那里。

她打开壁龛的小门,看见塞西莉亚坐在它的红色小垫子上。诺拉深深叹了一口气,盯着玩偶看。她发现塞西莉亚又恢复了原来的样子。它坐在那里微微转向一边,稍稍向前倾,低头看着诺拉,脸上带着难以捉摸的神情。它美丽的小手伸着,像要她抱。

诺拉举起双臂把它抱下来,紧紧地按在胸口。她脱下玩偶的帽子,用一只手托着它圆圆的小脖子,就像以前做过许多次那样,把它的小脑袋捧到她的脸颊和嘴唇边,站着摇了它一会儿,悄悄地说着亲热话。

她这样站了只有一会儿工夫,可是时间停止了,在这段时间里,她感到心中充满了从未有过的平静和信心。

她把玩偶放回垫子上,关上壁龛的门,然后急忙走了。

她抓住她的自行车,蹬上去就走。

医疗中心在城的另一头儿,但用她的速度五分钟可以赶到。阿格妮丝·塞西莉亚这时候不会走掉,因为在她前面至少有两个病人——诺拉打电话时得等着的两个病人。

但万一他们不让她进去呢?没关系,她有安德斯的配方作为理由。她可以现在去拿配方,过一会儿才拿着它去药房。她飞快地转着念头。

医疗中心的门开着,她只要进去就是了。她提心吊胆,朝四下里看。她马上停在玻璃窗里面的女人前面,刚才在电话里就是和她说话的。

"你约好了吗?"

"没有,我是来取配方的。"

诺拉的眼睛开始四下里搜寻,想看看候诊室里都坐着些什么人。

"什么配方?"

"咳嗽药配方,它……"

她看到的大多是老年人,但没有一个一个都看到。

"医生把它开出来了吗?"

"是的……"

是背对着诺拉的那个年轻点儿的吗?不,她抱着一个孩子。

"配方开给谁的?"

"开给……开给安德斯的……"

"安德斯……姓什么?"

现在她得聚精会神了。她很快把她这件事解释清楚,然后他们叫她到候诊室等着,他们设法查一查配方怎么样了。

这正是诺拉所希望的。

她站在候诊室门口,一个一个看过去。这是个大房间,人们分散着坐,有一个人坐的,有几个人一起坐的。

但是没有一个会是阿格妮丝·塞西莉亚。

她真会已经走了吗?

不像,既然那么多人排在她前面。也许她不想等走掉了。很不幸,这是可能的,她也许认为排在她前面的人太多了。

这时候诺拉听到扩音器的声音:"阿格妮丝·塞西莉亚·恩格到化验室去!"

诺拉吃了一惊,朝四下里看,但是候诊室里没有人站起来。她向站在那里看架上报纸的一位小老太太转过身去。"有人该上化验室去了,对吗?"她开口说。但老太太误会了她的意思,以为诺拉要去那里。

"不,我们先得看护士,他们会叫我们的,我们只要等着轮到自己就行了。"

诺拉转脸看到候诊室另一边有条长走廊,就向那边走过去。

玻璃窗里面的女人在叫她,但是她不理。她看见一扇门上贴着条子:化验室。她现在不想冒风险了,于是打算等在门外。

但一位护士追上来。"你得等在外面候诊室里。"

她带诺拉沿着走廊走回去。

这时候扩音器又响了,在叫她的名字,诺拉吓了一跳。她只好到那玻璃小窗取配方。当她把配方拿在手里的时候,她站在那里竟不知所措了。现在她该怎么办呢?

玻璃窗里面的女人看着她。"还有什么事吗?"

"没有,我……我只是在等一个朋友。"

"那么你可以坐在候诊室里等。"

诺拉松了口气,走回候诊室。她待在报架旁边,从那里可以看到走廊。她翻着报纸,同时一直注意着动静。

简直像要没完没了地等下去了。但最后化验室的门开了,一个姑娘走了出来。

那就是阿格妮丝·塞西莉亚!

诺拉马上认出她来。一点儿不错。她放下报纸跑到走廊,阿格妮丝·塞西莉亚正微笑着向她走来。诺拉用不着跑,她停下脚步,然后慢慢地走过去。路很短,但她想延长它。她太高兴了。

阿格妮丝·塞西莉亚露出微笑。这个微笑曾经一直作为记忆存在于诺拉的内心深处,不管走多远,她也要去见到这个微笑。

现在她见到它了!此刻她才明白,为什么见到这微笑就如同过去被摇啊摇、被温柔的手抱起来的感觉是一样的了。

诺拉一直走到她面前。"你好,我叫诺拉。"

对,这是妈妈的微笑,阿格妮丝·塞西莉亚像妈妈那样微笑,一个轻柔的、欢快的微笑。

她看着诺拉,那双大眼睛流露出惊讶的神情。

"你好,我是泰蒂。"

国际大奖小说

第二十九章

玩偶不见了

这是当天的傍晚。

她们一起站在诺拉房间的窗前。夕阳照耀着。

"你知道,在桥下面,在桥拱的墙上有人写上了阿格妮丝·塞西莉亚。是你写的吗?"

"是的,我有时候喜欢坐在那里画水边的石头和绕着石头流动的水。有一天,我忽然想到把我的名字写在墙上。"

"你要我叫你泰蒂还是阿格妮丝·塞西莉亚?"

"我不知道……母亲叫我阿格妮丝·塞西莉亚,我不反对,因为那是家里人的名字。我是用我父亲方面的曾祖母和祖母的名字命名的。但在我很小、说话不清楚的时候,我的名字变成了泰蒂。泰蒂当然短一些。"

她的眉心出现了皱纹,看上去在思索。"我的母亲——她的名字叫卡丽塔,非常尊重家族,我大概也一样,不过方式也许不同。我的母亲一直谈起你和你的母亲;她一直那么希望我们成为朋友,这是她最热烈而又不大

可能实现的愿望。"

"那你呢?"诺拉看着她,"你不希望……"

"是的,我当然希望。我的确希望能认识你和达格两个,但并不因为你是亲戚——我不希望只为了这个原因才把我作为朋友。因此,我们见面时我不说出我的全名却说我叫泰蒂。"

她微微笑笑。"达格到底还是猜到了。是我画的速写,就是达格告诉你的那一幅,把我泄露出来了,接着他把一切合在了一起。"

诺拉点点头。她知道,是那幅被常绿树围住的房子的画。

"打那以后,他叫我作阿格妮丝·塞西莉亚。但是你爱叫什么就叫什么好了。"

夕阳射进房间。阿格妮丝·塞西莉亚打开窗子探出身去。"现在傍晚亮起来了,"她说,然后深深吸了一口气,"这里是那么可爱。"

诺拉站在她身边。太阳温暖着她们的脸。

"瞧那些鸥鸟!当太阳照在它们身上的时候,衬着天空,它们几乎是透明的。"

阿格妮丝·塞西莉亚拿出她的速写本。她弯下身来,面带微笑,笔在纸上飞舞。有好一阵子她只存在于笔的运动之中。接着她一下子合上本子。"等画好了我给你看。"

她们一起久久探身窗外。风很猛,鸥鸟在天空中来回飞翔,在房间的墙上投进轻快的飞行影子。窗帘飘拂。

"想想我们两个,你和我,一起站在这里!"

阿格妮丝·塞西莉亚在颈后握住双手伸腰,然后她解开辫子,让头发在风中吹散。她对着太阳闭上眼睛,接着又睁开它们,面向诺拉,握住她的一只手。"再告诉我一次,这都是怎么发生的。你怎么知道我在医生那里,还有那电话。"

达格说过塞西莉亚腼腆和沉默寡言,但跟诺拉在一起她不是这样。自从她听说诺拉到医疗中心专为见她,她所有的腼腆就一扫而光了。电话谈话和诺拉到医疗中心的过程,她不厌其烦地听了一次又一次。诺拉每讲一次,好像又重新增加了细节,那就越听越带劲儿了。

后来她们默默地站在那里。落日变得更红,风开始停下来,但鸥鸟依然满房间投进它们的影子。

"我母亲认识你母亲。现在我认识你。"

阿格妮丝·塞西莉亚的声音是严肃的,她看诺拉时的眼睛也是严肃的。接着她变了样,笑着放开了诺拉的手。"我有时候太伤感了……我不太坚强,你知道……"

"我也一样。"诺拉也哈哈大笑,"我出去沏点儿茶。"

阿格妮丝·塞西莉亚要去帮忙,但诺拉让她在一把椅子上坐下。"如果你来帮忙,那就什么也做不成了。我已经够头晕的了。"

诺拉跑开了。但是在圆形房间里她听见一声叫,于是就转身折回来。这时,阿格妮丝·塞西莉亚正站在门

口,她身后的夕阳闪着金光。

"我很高兴。"她对诺拉微笑着说。

诺拉端着茶盘站在那里,她感到她不在时房间里一定发生过什么事,因为变了。

太阳已经落了下去,房间在阴影中。阿格妮丝·塞西莉亚站在窗旁,拿着那小闹钟放到耳边听,没注意到诺拉进来。

诺拉放下茶盘。"我们现在来喝点儿茶,好吗?"

但阿格妮丝·塞西莉亚完全被闹钟吸引住了。她狠狠地摇它,听着。

"没有办法让它再走了,机器坏了。来吧,让我们喝点儿茶!"

"你说什么?"阿格妮丝·塞西莉亚茫然地看着她,把闹钟伸向诺拉。"它刚才还在走。"

诺拉正动手乒乒乓乓地摆茶杯。听了这话,她觉得浑身发抖,不知道说什么好。阿格妮丝·塞西莉亚看上去迷惑不解。

"诺拉,你出去的时候这里发生了一些事……"

诺拉在床上坐下来,她的心怦怦跳得厉害,觉得一点儿力气都没有了。阿格妮丝·塞西莉亚站在那里,脸颊苍白地看着她,一副茫然无措的样子。

"来,坐下吧。"

她走过来,闹钟仍旧拿在手里,坐在诺拉的身边。她用眼睛看着钟面,声音听上去很不安。

"它倒退着走。你大概以为我在开玩笑,但这是真的。它倒退着走!"

"这个钟有点儿古怪,"诺拉说,"告诉我,还发生了什么事?"

阿格妮丝·塞西莉亚看上去胆怯又迷惘。"刚才这里有脚步声,诺拉……在房门外什么地方……"

"对,我知道。"

"接着它们走近……"她的声音低下来变成耳语。

"那么你听到脚步声了?"

"是的。我以为是你来了。"

"但不是……"

"不是……"

她靠近诺拉,悄悄耳语,有多轻说多轻,像是怕什么人在偷听。"这样的事我以前从来没有碰到过……"

接着她说:"就在你去厨房以后。我正坐在椅子上拿起速写本要画那壁炉,就听见有脚步声走过来。我断定那是你,就叫了,但没有人回答。这时候我以为你要捉弄我,我决定回报你,于是我站起来躲到开着的门后面。但你没有来,根本没有人来,我所能听到的只有脚步声。它们忽然停在门的另一边,离我很近。

"有人站在那里。我透过门缝看,但我没见什么人。起先我并不害怕,甚至大笑,还是认为你在玩恶作剧。我把头伸出去朝门周围看,但那里没有人。我一个人影也看不见——没有一个活人,也没有一个幽灵……"

她沉默下来,拿起诺拉的手,用力地握住。诺拉看着她,慢慢地说:"不……也许没有一个活人……但你听到的是一个幽灵。"

"你是说……一个鬼魂?"

诺拉点点头。阿格妮丝·塞西莉亚吃惊得把眼睛睁得大大的,话说得更加小声,诺拉得用心听她说什么。

"我明白你这话……我是那么清楚地感觉到有人在那里,就在离我几英寸的地方,你可以认为只有一扇薄薄的门把我们隔开。再说门开着,因此我们本可以相互碰到。我站在那里愣住了。

"这时候我听见小闹钟滴答滴答走。这是一种剧烈的滴答声,越来越响,几乎像是在呼叫……

"是闹钟使我离开房门的。我忍受不了——这是令人心碎的声音,于是我穿过房间走到窗口,也许是想让那闹钟静下来,我不知道……

"这时候我注意到那另一个人也在走,就在我的背后走。那么近,好像只要我突然一停,我们就会撞在一起似的。如果那是一个生灵,我就会听到他呼吸——我们之间就那么近,但是我只感到这是一个神秘的、无法形容的人。

"当时我没有害怕,那实在不是一种不愉快的感觉,反而让我几乎感到自己受着保护。直到后来一切都过去了,我开始回想这件事,才后怕起来。过了一会儿我才明白我经历了什么。"

"接下来发生了什么?"诺拉的心跳得这么厉害,好不容易才把话说出口。

"这个嘛,大约在房间中央,我感到在我后面走着的人已经停下了,我也停下了。这时候非常温柔的音乐声从隔壁房间传来,是钢琴声,叮叮咚咚,轻得像云。而另一个人,那看不见的人,慢慢地旋转。

"我紧跟着旋转。我控制不住自己,好像进入了催眠状态。我们慢慢地转了又转,转了又转。我就是跟着,像在舞蹈中一个人带头、其他人学着他的舞步那样。我简直忘了其实只有我一个人。

"这时候我在镜子里瞥见了自己,看见我独自一人正在地板上跳舞,但那看不见的人的存在是那么强烈,以至于我看见只有我独自一人时我还是跳。"

她沉默下来。

"但你不是独自一人,"诺拉悄悄地说,"你只是看不见另一人罢了。那么后来呢?"

"后来没有什么了。音乐慢慢地减弱,舞蹈越来越慢,最后停止了。我们一动不动地站在地板上,重又靠得很近。

"这时候好像有什么事情发生了,我感到一种淡淡的忧伤,我不知道该怎样解释……"她看着诺拉。

诺拉叹了口气,看着壁炉。她很清楚这是什么感觉,阿格妮丝·塞西莉亚指的又是什么。"这种感觉就像送一个你关心的人上火车。火车停在那里,很快就要开了。你们要分开,也许永远分开。你不知道你们是不是还能再相见。"

诺拉的眼睛回到阿格妮丝·塞西莉亚身上,她正睁着闪亮的大眼睛坐在那里。

阿格妮丝·塞西莉亚把诺拉的比喻继续下去:"接着火车开了。它慢慢地滑走,于是眼泪来了。但你不想让它们被人看见,转过身去走你的路。在你这房间当中就是这种感觉。另一个人无声地滑走了,好一阵我感到剧痛。但是闹钟继续在窗口滴答响,我向它走过去。我的泪水落到下面窗台上。当我擦干它们的时候,我发现闹钟的指针在向后退。在那时候,这一点儿也不使人觉得奇怪,没有事情是不能理解的;在那时候,我什么都可以接受。

"但当我把闹钟拿起来的时候,它忽然停了,变得一点儿声音也没有了,就像一颗心停止了跳动一样。这时候我害怕了。这像是捧着一只死鸟站在那里,这鸟刚才还是活的,啄我的手,然后一下子死了,变凉了。

"我想要让闹钟重新走起来,开始摇它。这时候你进来了,就是这样。"她把头靠在诺拉的肩上,诺拉像摇那玩偶那样摇她。这时诺拉突然意识到,阿格妮丝·塞西莉亚和那玩偶多么相像,那张同样的变化的脸。

这时候阿格妮丝·塞西莉亚抬起了头,看着诺拉。"我刚才在跳舞!你会想……可我从来不跳舞。我不会跳舞,只会画画。"

她用一种惊奇的表情低头看她的双手。

诺拉站起来向壁炉走去,她要把玩偶拿给阿格妮丝·塞西莉亚看,这不会有任何坏处。尽管赫德维格说过,她不可以把这玩偶给任何人看,但这不会包括阿格妮丝·塞西莉亚。这玩偶跟她至少和跟诺拉一样有关系,也许还要密切一些。

她向壁龛举起了双手。

但正当她要去打开小铜门的时候,她感到一阵剧痛,忽然之间,但确实无误。

不,不是现在。她打开小铜门必须是独自一人的时候,想到这儿,她的眼睛一下子涌上了泪水。她连忙转过脸来看阿格妮丝·塞西莉亚。她注意到什么了吗?

根本没有。阿格妮丝·塞西莉亚又站在了窗口,微笑着,好像忘记了周围的一切。她已经拿起她的速写本,又一次只存在于笔在纸上的快速运动中。

诺拉站在那里看着她,感到疼痛渐渐消失了。

她现在有了阿格妮丝·塞西莉亚。她需要她。她们两个人相互需要,这是一种了不起的感觉。

阿格妮丝·塞西莉亚从本子上抬起头来。"等画好了给你看!"

直到那天深夜,等到大家都上了床,房间里只剩下诺拉一个人的时候,她才鼓起勇气走到壁炉那里。

她很痛苦,她猜想到了是什么在等着她。在决定打开小铜门之前,她把脑门儿靠在冰凉的瓷砖上站了很久,她的手在哆嗦。

对。就像她料想的那样。当她今天傍晚想把玩偶给阿格妮丝·塞西莉亚看的时候,她已经明白会是这样。她做好准备了。她知道。

玩偶不见了。

壁龛里那红色小垫子上空了。

她看着它站了很久。她从来没有把这玩偶给任何人看过,除了她,没有人见过它,没有人曾经能够看到它。它曾经整个儿完完全全是她的。

现在她有了阿格妮丝·塞西莉亚。她没有理由哭。

当她把垫子拿下来的时候,她看到玩偶曾经戴在脖子上的小银盒在那里,在它那根银链上。

小银盒开着,塞西莉亚的肖像看着她,那双眼睛几乎就和刚才阿格妮丝·塞西莉亚的那双眼睛一样。诺拉久久地看着那张小脸,对着肖像微笑了。

对,十七岁的塞西莉亚很像今天的阿格妮丝·塞西莉亚,但她们属于不同的时代。诺拉很高兴她和阿格妮丝·塞西莉亚属于同一个时代。

她吧嗒一声把小银盒关上。阿格妮丝·塞西莉亚应该得到它。诺拉明白,这就是它留下来的缘故,好让阿格妮丝·塞西莉亚得到它来纪念她的祖母。